WISH UPON A WITCH - DEUTSCHE AUSGABE

THIS GOOD WITCH MYSTERY SERIES

LUCY MAY

Es gibt keinen Zufall; es ist das falsch benannte Schicksal. -Napoleon Bonaparte

KAPITEL EINS

JULIETTE GOOD

»Was zum Teufel machen Sie da?«, rief eine Männerstimme.

Ich wirbelte herum, um über meine Schulter zu schauen, und sah meinen Nachbarn Matthew, der oben auf der Treppe des Hauses neben meinem stand.

»Nichts«, sagte ich schnell. Ich hatte doch nur die kaputte Straßenlaterne vor meinem Wohnhaus repariert. Nur ein kleiner Stromstoß, für einen guten Zweck. Genau genommen für die öffentliche Sicherheit.

»Das war nicht nichts, Juliette. Ich habe gerade gesehen, wie Funken aus Ihren Fingerspitzen sprühten, als Sie sie in Richtung der Laterne schnippten, und jetzt funktioniert sie wieder. Wenn ich betrunken wäre, würde ich mir vielleicht einreden, dass es nichts war, aber ich bin vollkommen nüchtern. Die Gerüchte sind also wahr?«

Mein Herz begann in einem widerlichen Takt zu pochen und mein Magen verkrampfte sich vor Angst. »Welche Gerüchte?«, entgegnete ich.

Matthews Lippen verzogen sich zu einem spöttischen Grinsen. »Dass Sie aus einer Familie von Hexen stammen.«

Ich musste mir auf die Innenseite meiner Wangen beißen, um nicht laut loszufluchen. Ein leichter metallischer Geschmack von Blut erfüllte meinen Mund. Ich schluckte und schüttelte den Kopf. »Ich weiß nicht, wovon Sie sprechen, Matthew.«

Er kam die Treppe herunter und blieb auf dem Bürgersteig vor mir stehen. »Oh, ich glaube schon, dass Sie das wissen. Jeder hat von dieser verrückten Sache mit den Blumen in Ihrer Heimatstadt letztes Jahr gehört. Lächerlich. Wenn ich Sie wäre, würde ich dorthin zurückziehen, wo man Sie willkommen heißt.«

Mit jedem Wort, das er sprach, sank mein Herz tiefer. Die ganze Zeit hatte ich gedacht, Matthew mit seinen dunklen Haaren und den schneidigen braunen Augen wäre gut aussehend und jemand, in den man sich verknallen könnte.

»Das ist das Lächerlichste, was ich je gehört habe«, erwiderte ich und log mit geübter Leichtigkeit.

Matthew lachte. »Ich weiß, was ich gesehen habe. Seien Sie vorsichtig, Juliette. Das Leben ist nicht wie in all den Fernsehsendungen, in denen es cool ist, übernatürlich zu sein.«

Er drehte sich auf dem Absatz um und ging die Straße hinunter. Ich sah zu, wie seine Silhouette im nächsten Häuserblock in der Dunkelheit verschwand. Zufälligerweise war in diesem Block auch eine Straßenlaterne ausgefallen.

»Tja, die werde ich jedenfalls nicht reparieren«, murmelte ich vor mich hin.

Ich drehte mich um und sah mich um, plötzlich ziemlich nervös. Mein kleiner Zauber, so hilfreich er auch gewesen sein mochte, war ein Versehen meinerseits gewesen. Ich war in Boston und hatte gerade mein letztes Semester an der Uni abgeschlossen. Ich konnte nicht einfach irgendwo in der Öffentlichkeit Zaubersprüche wirken. Aber leider neigte ich dazu, es zu vergessen und sie trotzdem zu wirken.

Ich musste nach Hause, und zwar lieber früher als später. Boston war gerade weit genug von Charm Cove entfernt, dass ich hoffte, die Gerüchte, auf die Matthew sich bezog, würden mich nicht bis nach Maine verfolgen. Ich dankte den Sternen, dass ich meine winzige Wohnung schon fast fertig gepackt hatte und bald nach Hause fahren würde.

Ein paar Tage später fielen die Schneeflocken sanft und glitten über meine Windschutzscheibe, während ich nach Norden fuhr. Die leichten, flockigen Flocken leuchteten im Schein meiner Scheinwerfer in der Dunkelheit wie Glitter. *Charm Cove, 2 Meilen*, verkündete das Straßenschild. Als ich bei der Ausfahrt langsamer wurde, hallte das Geräusch meines Blinkers im Auto wider.

Zuhause. Ich war fast da. Vorfreude durchströmte mich.

Zuhause bedeutete für viele verschiedene Menschen viele verschiedene Dinge. Für mich hatte die Rückkehr nach Charm Cove eine zusätzliche Ebene. Ich konnte mich entspannen und musste mir nicht allzu viele Sorgen machen, meine Kräfte zu verbergen. Ja, ich sagte »Kräfte«, und genau das meinte ich auch. Kräfte der übernatürlichen Art, um genau zu sein. Matthew hatte mit den Gerüchten goldrichtig gelegen, nur wusste er nicht, wie unheimlich wahr sie waren.

Manche Leute würden mich vielleicht eine gute Hexe nennen. Allein aufgrund meines Namens war das ziemlich zutreffend. Zwei Hexenfamilien hatten Charm Cove gegründet – die Goods und die Wickeds. Auch wenn es in der modernen Welt viele Komplikationen mit sich brachte, eine Hexe zu sein, war diese kleine Stadt ein Ort, an dem es ein bisschen einfacher war.

Obwohl mein Nachname Good war, hatte ich mich in letzter Zeit nicht so gefühlt. Manchmal war die Last, eine Hexe außerhalb einer dem Übernatürlichen freundlich gesinnten Stadt zu sein, ermüdend. Obwohl meine kurze Begegnung mit Matthew nicht böse geendet hatte, stützte die jahrhundertelange Geschichte die praktische Wahrheit: Hexen mussten vorsichtig sein.

Ich atmete erleichtert auf, als in der Dunkelheit das offizielle Ortsschild vor mir auftauchte. *Charm Cove. So bezaubernd, dass Sie nie wieder wegwollen werden.*

Ich hoffte, mein fehlgeleiteter und unvorsichtiger Zauber in Boston würde bald vergessen sein. Verflixter Matthew. *Er* war jedenfalls nicht bezaubernd. Ich fuhr am Stadtrand entlang in die Innenstadt. Die Straßen waren von den originalen Straßenlaternen der Stadt gesäumt, deren gusseiserne Hängelaternen über die Jahrhunderte sorgfältig gepflegt worden waren. Einst wurden sie mit Kerzen und später mit

Gas betrieben. Jetzt liefen sie mit Strom, obwohl es die Stadt keinen Cent kostete.

Wissen Sie, es gab genug Hexen und Hexenmeister in Charm Cove, um einen Stromzauber so lange wie nötig aufrechtzuerhalten. Mit mir hier gab es eine weitere Hexe, die ihre Magie in den Topf warf.

Es ging auf Mitternacht zu, der Schnee fiel leicht und die Straßen waren ruhig. Jedes Mal, wenn ich nach einer Reise nach Hause kam, fühlte ich mich wie in eine andere Zeit zurückversetzt. Wie so viele Städte in Neuengland war Charm Cove urig und malerisch. Ich bog auf den Charming Way ab, der parallel zum Stadtpark verlief. Ich verspürte den Drang, am Brunnen der Stadt anzuhalten, als mich das hübsche Glitzern der Lichter am Baum in der Mitte des Parks lockte.

Weit und breit war kein anderes Auto zu sehen. Die große Balsamtanne in der Mitte der Grünanlage war immer noch mit Lichterketten geschmückt, obwohl Weihnachten schon ein paar Wochen zurücklag. Die Stadt ließ die Lichter normalerweise so lange hängen, bis die Tage wieder länger wurden. Die Lichter in den dunklen, verschneiten Nächten hoben die Stimmung.

Ich ließ mein Auto in der Dunkelheit ausrollen und stellte den Motor ab. Das Geräusch meiner Autotür war laut, als ich sie hinter mir schloss und ausstieg. Ich zog mir die Kapuze meiner Jacke über den Kopf, als ich die Straße überquerte, während der Schnee in einer eiskalten Brise, die vom Ozean herüberwehte, durch die Luft wirbelte. Obwohl ich den Atlantischen Ozean von hier aus nicht sehen konnte, war er nur ein paar Straßen entfernt; in der Luft lag ein Hauch von salziger Meeresluft.

Ich schlüpfte durch das offene Tor des schmiedeeisernen Zauns, der die historische Grünanlage der Stadt umgab. Die große, quadratische, parkähnliche Anlage hatte Granitwege, die zur Mitte führten, wo der hohe Baum wie ein einladendes Leuchtfeuer stand. Ich wusste, wohin ich wollte, und ging schräg hinüber in die hinterste Ecke. Der legendäre Brunnen der Stadt war einst eine Pferdetränke gewesen. Aus Granit gehauen, hatte er Jahrhunderte von Wind, Regen und Schnee überstanden. Er war keine Tränke mehr, obwohl er im Notfall wohl noch als eine dienen könnte.

Der Brunnen hatte schon einiges an Drama erlebt, einschließlich eines versehentlichen Ertrinkungsfalls einige Sommer zuvor. In dieser Winternacht, nur einen Monat nach der Sonnenwende, war das Wasser immer noch nicht gefroren, aber das war es nie. Gerüchten zufolge war das Wasser selbst vor Jahrhunderten mit einem Zauber belegt worden.

Über dieses Gerücht hinaus wurde unter Hexen und Hexenmeistern geflüstert, dass ein Wunsch, den man am Brunnen äußerte, in Erfüllung gehen würde. Wie viele Brunnen auf der ganzen Welt war auch dieser mit Münzen gefüllt. Wenn die Touristen in den Sommermonaten die Stadt bevölkerten, konnten sie der Versuchung nicht widerstehen, eine Münze in den Brunnen zu werfen und auf das Beste zu hoffen.

Da ich eine Hexe war, hoffte ich, dass meine Magie meinen Wunsch vielleicht wahr werden lassen könnte. Ich fischte einen Penny aus meiner Tasche und rieb seine Kupferoberfläche zwischen meinen Fingern. Ich legte den Kopf in den Nacken und blickte nach oben. Ein paar Sterne blitzten zwischen den Wolken auf, während der Schnee vom Himmel herabschwebte. Ich atmete tief die eiskalte Winterluft ein und blickte wieder hinunter zum Brunnen. Das ovale Wasserbecken schimmerte im Licht des Baumes und der nahen Straßenlaternen.

Ich schloss die Augen und wünschte mir etwas Albernes und Belangloses. Als ich sie wieder öffnete, drehte ich den Penny in meinen Fingern, bevor ich ihn warf, und sah zu, wie er durch die Luft wirbelte und mit einem kleinen Platschen landete. Winzige goldene Funken stiegen aus dem Wasser auf, wo er hineingefallen war.

»Na ja, damit hätte ich jetzt nicht gerechnet«, murmelte ich vor mich hin.

Ich hatte keinen Zauber gewirkt, daher wusste ich nicht, was ich davon halten sollte. Ich beugte mich vor und musterte das dunkle Wasser. Am Boden des flachen Brunnens, oder der Tränke, wenn man so will, leuchtete der Penny, den ich gerade hineingeworfen hatte, hell auf, und ein kleiner goldener Streifen stieg durch das Wasser auf. Meine Fingerspitzen kribbelten und jenes summende Gefühl, das ich in meinem Körper spürte, bevor ich einen Zauber wirkte – am besten lässt es sich als ein Hauch von Elektrizität beschreiben – durchströmte mich.

Mit einem gedanklichen Kopfschütteln drehte ich mich um und

ging zu meinem Auto zurück. Als ich den gepflasterten Gehweg erreichte, wartete an der Ecke ein unbekannter Mann. Ich sah mich leicht nervös um.

»Juliette Good?«, fragte der Mann mit tiefer, sanfter Stimme.

»Hallo? Kennen wir uns?«

»Sie erinnern sich vielleicht nicht an mich, aber ich bin Donovan Wick«, sagte er mit einem leichten Nicken.

Sein dunkles Haar war mit dem herabfallenden Schnee gesprenkelt, und das Blau seiner Augen leuchtete hell im silbernen Licht der Straßenlaternen. Ich spähte zu ihm hinauf und bemerkte, wie groß er war, da ich meinen Kopf ziemlich weit in den Nacken legen musste.

Ich hatte das Gefühl, ihn zu erkennen, wusste aber nicht, warum oder woher, und schon gar nicht, woher er meinen Namen kannte. Völlig verblüfft brachte ich ein höfliches Lächeln zustande und ignorierte das Flattern in meinem Bauch. »Ich bin mir nicht sicher, ob ich mich an Sie erinnere. Ähm, ich schätze, es war nett, Sie kennenzulernen«, wagte ich zu sagen.

Donovan lächelte. »Ich habe früher hier gewohnt. Du saßt in der ersten Klasse direkt neben mir.«

In meinem Kopf ging mir ein Licht auf. »Oh! Donovan. Wow, es ist wirklich lange her, dass ich dich gesehen habe.«

»Ja, das ist es. Seit der ersten Klasse, um genau zu sein.« Sein leises Lachen jagte mir einen Schauer über den Rücken.

Gerade als ich ihn fragen wollte, was ihn mitten in einer Winternacht um Mitternacht nach Charm Cove zurückgebracht hatte, gab es einen lauten Knall. Wir drehten uns gleichzeitig zum Geräusch um und sahen zu, wie der alte Baum in der Mitte der Grünanlage wie eine Fackel in Flammen aufging. Er brannte fast augenblicklich.

Innerhalb von Sekunden hörte ich in der Ferne auf der anderen Seite der Grünanlage Schritte und zückte mein Handy, um den Notruf zu wählen. Dieser Baum war uralt und barg eine Menge Geschichte. Es wäre verheerend für die Stadt, wenn er dem Feuer zum Opfer fiele.

Minuten später zerriss das Heulen von Sirenen die Luft, als zwei Feuerwehrautos die Straße entlangrasten und quietschend neben der Grünanlage zum Stehen kamen. Feuerwehrmänner stürzten aus den

Wagen und begannen, das Feuer zu löschen. Eine böse Vorahnung beschlich mich.

Obwohl ich Donovan anfangs nicht erkannt hatte, fand ich mich irgendwie mit seinem Arm um meine Schultern wieder, während wir in der kalten Nacht warteten. Irgendetwas an der Tatsache, dass der Baum Feuer gefangen hatte, fühlte sich ganz und gar nicht richtig an.

Meine erste Nacht zu Hause endete auf der Polizeiwache. Als die einzig bekannten Zeugen mussten Donovan und ich bei der Polizei Aussagen darüber machen, was wir gesehen hatten.

KAPITEL ZWEI

Ich lehnte mich im harten Plastikstuhl auf der Polizeiwache von Charm Cove zurück und nahm einen Schluck lauwarmen Kaffee. Er war trinkbar, aber sagen wir mal so, ich war froh, dass ich nicht dafür bezahlen musste.

»Ich frage mich, wie lange das hier noch dauern wird«, bemerkte Donovan, der neben mir saß.

Ich nahm noch einen schnellen Schluck und sah ihn an. »Ich habe keine Ahnung. Ich meine, ist es ein Verbrechen, wenn ein Baum Feuer fängt?«

Donovan zuckte mit den Schultern. »Ich glaube nicht. Obwohl wir uns sicher alle einig sind, dass es ein bisschen seltsam war, findest du nicht? Wenn es jemand absichtlich getan hat, wäre es wohl Vandalismus.«

Ich seufzte. »Stimmt. Ich bin erst heute Abend in die Stadt zurückgekommen, und es entwickelt sich zu einer ereignisreichen Rückkehr.«

Donovans Mundwinkel zuckte nach oben und ein Kribbeln machte sich in meinem Bauch breit. Ich konnte mich nicht erinnern, dass er so gut ausgesehen hatte. Aber ich hatte ihn ja auch nicht mehr gesehen, seit wir in der ersten Klasse waren. Im stolzen Alter von sechs Jahren war gutaussehend für mich noch kein wirklicher Begriff. Ich erinnere mich an ihn als einen kleinen, braunhaarigen Jungen mit einer schalkhaften Ader.

Meine Gedanken schweiften zurück zu meinem Wunsch am Brunnen und dem leichten elektrischen Glimmen, das von dem Penny ausging. Ich hatte mir gewünscht, einen Mann zu treffen, der kein Blödmann war. Im Nachhinein war das vielleicht nicht die beste Art gewesen, meinen Wunsch zu formulieren. Und doch war Donovan nur wenige Augenblicke später wie von Zauberhand aufgetaucht.

Natürlich hatte dann der beliebte Baum der Stadt Feuer gefangen. Ich versuchte, nicht an die Tatsache zu denken, dass es nur wenige Augenblicke geschah, nachdem ich meinen Wunsch in den legendären magischen Brunnen geworfen hatte.

»Ereignisreich ist eine Art, es auszudrücken«, erwiderte Donovan.

Die Neugier packte mich. »Was verschlägt dich denn nach all der Zeit wieder nach Charm Cove?«

»Meine Großeltern sind verstorben und haben mir das alte Familienhaus hinterlassen. Mich hält nirgendwo etwas, also habe ich beschlossen zurückzukommen. Und du?«

»Also, ich war letzten Monat hier, weil mein Bruder − Liam, erinnerst du dich an ihn?« Bei Donovans Nicken fuhr ich fort: »Er und Moira haben letzten Sommer endlich geheiratet. Sie hatten eine Feier zur Wintersonnenwende, also kam ich für die Feiertage und so nach Hause. Ich habe gerade mein Studium abgeschlossen und in Boston Däumchen gedreht. Ich hatte einen Job als Kellnerin, aber ich entschied, dass es sich lohnt, nach Charm Cove zurückzuziehen. Meine Eltern sind natürlich begeistert. Wo sind deine Eltern?«

»Als wir nach Upstate New York wegzogen, lag das daran, dass meine Eltern dort in eine Obstplantage investiert hatten. Ich glaube, sie überlegen, endlich nach Charm Cove zurückzukehren. Das ist der einzige Ort, den ich kenne, an dem es in Ordnung ist, ziemlich offen damit umzugehen, eine Hexe oder ein Hexenmeister zu sein.«

»Das stimmt«, antwortete ich, gerade als sich die Tür an der Seite des Warteraums öffnete und Daniel Levesque, der Polizeichef von Charm Cove, zu Donovan und mir herübersah.

»Hätten Sie beide etwas dagegen, für ein paar Minuten zum Gespräch mitzukommen?«, fragte Daniel.

Ich stand schnell auf, genau wie Donovan. »Natürlich nicht«, antwortete er und bedeutete mir, vor ihm zu gehen, als wir durch den Raum auf Daniel zugingen. Daniels dunkelbraunes Haar war zerzaust, als wäre er sich ein paar Mal zu oft mit der Hand hindurchgefahren.

Daniels braune Augen waren ernst, als er uns die Tür aufhielt. Wir gingen den Flur entlang und bogen ab, als er uns in einen kleinen Konferenzraum wies. »Nehmen Sie Platz.«

Donovan und ich setzten uns nebeneinander an den kleinen Tisch. »Ich bin nicht sicher, was ich Ihnen noch sagen kann«, sagte ich schnell.

»Oh, ich dachte, ich frage, ob einer von Ihnen etwas Ungewöhnliches gesehen hat, bevor der Baum tatsächlich Feuer fing«, erklärte Daniel.

Ich zuckte mit den Schultern. »Nicht wirklich. Ich habe angehalten, weil es so schön und ruhig war. Ich beschloss, hineinzugehen und mir am Brunnen etwas zu wünschen, einfach nur so ...« Meine Worte verstummten, als mir plötzlich klar wurde, dass ich ziemlich albern wirken könnte.

Trotz meiner Sorge schien Daniel es nicht albern zu finden, wahllos anzuhalten, um sich am Stadtbrunnen etwas zu wünschen. Mit einem Nicken wanderte sein Blick zu Donovan. Donovan hob eine Hand und ließ sie wieder fallen. »Ich habe nicht viel gesehen. Ich habe angehalten, weil ich auf etwas Eis ins Rutschen geraten und gegen einen Bordstein gestoßen bin. Ich habe nachgesehen, ob meine Felge in Ordnung ist. Das ist alles. Ich sah Juliette herauskommen, also wartete ich, um ihr Hallo zu sagen, und als wir dastanden, fing der Baum Feuer.«

»Also hat keiner von Ihnen jemand anderen gesehen?«, fragte Daniel.

»Nein«, antworteten wir einstimmig.

Daniel nickte langsam. »Haben Sie zufällig Beatrice Powers gesehen?«

Beatrice war eine ältere und ziemlich mächtige Hexe. Ihr Haus stand an der Ecke des Stadtplatzes. Ich schüttelte den Kopf. »Äh, nein. War sie da? Oder besser gesagt, war sie überhaupt wach?«

»Nun, sie war wach genug, um die Polizei anzurufen und uns über das Feuer zu informieren. Es ist gut, dass sie das getan hat, denn die

Feuerwehr konnte es auf den Baum beschränken. Bei dem Schnee stelle ich mir nicht vor, dass es sich weit ausgebreitet hätte, aber er steht mitten in der Stadt, also hätte es brenzlig werden können, wenn es sich ausgebreitet hätte«, erklärte Daniel.

Donovan fragte: »Hat das Feuer Beatrice geweckt?«

Daniel zuckte mit den Schultern. »Sie hat es abgelehnt, zur Befragung hereinzukommen, also werde ich sie morgen bei ihr zu Hause aufsuchen. Wenn einem von Ihnen noch etwas einfällt, kommen Sie bitte vorbei und lassen Sie es mich wissen, oder rufen Sie mich an«, sagte Daniel, während er zwei Visitenkarten herauszog und sie über den Tisch zu uns schob.

Wenige Augenblicke später stand ich mit Donovan auf dem Bürgersteig vor der Polizeiwache. »Es war schön, dich wiederzusehen, auch wenn die Umstände etwas ungewöhnlich waren«, bot ich an.

Donovan lächelte. »Wie wäre es, wenn wir uns bald auf einen Kaffee treffen?«

»Ähm, klar«, antwortete ich, leicht überrascht von seinem Vorschlag. Mein Bauch machte wieder dieses komische Kribbeln. »Soll ich dir meine Nummer geben? Vielleicht können wir uns in ein paar Tagen treffen.«

»Klingt gut.« Er zog sein Handy aus der Manteltasche. »Wie ist deine Nummer?« Er tippte sie in sein Handy, während ich sie ihm nannte, und schickte mir dann sofort eine Nachricht. »Schau mal nach und speichere meinen Namen ab, damit du weißt, dass ich es bin.«

»Hab sie. Schön, dich gesehen zu haben«, erwiderte ich mit einem Winken, als ich mich umdrehte und den dunklen und leeren Gehweg zu meinem Auto entlangging.

Es gab kaum Schnee – nur ein paar Schneeflocken, die im Schein meiner Scheinwerfer tanzten, als ich der Straße entlang der Küste zu meinem Elternhaus folgte. Eine kurze Fahrt später schaltete ich vor dem Haus die Scheinwerfer aus. Ich schnappte mir meine Tasche vom Rücksitz und lief die Verandastufen hoch.

Als ich die Tür öffnete, dachte ich, meine Eltern würden schon schlafen. Ich hätte es besser wissen müssen. In dem Moment, als die Tür hinter mir ins Schloss klickte, hörte ich die Stimme meiner Mutter aus dem Flur. »Juliette!«

»Hey, Mom«, sagte ich, als sie in den Eingangsbereich kam. Meine Mutter, Alice Good, schaffte es irgendwie, selbst um fast zwei Uhr morgens in Morgenmantel und Pantoffeln noch stilvoll auszusehen.

Ihr silbernes Haar, das von schwarzen Strähnen durchzogen war, war zu einem lockeren Zopf geflochten. Ihre blauen Augen legten sich an den Winkeln in Fältchen, als sie lächelte, während ich auf sie zuging und meine Tasche auf den Boden fallen ließ.

»Hallo, Liebes«, sagte sie und zog mich in eine herzliche Umarmung. Sie roch nach Vanille. Das hat sie schon immer.

Ich löste mich aus der Umarmung und drückte ihre Schultern. »Ich habe nicht erwartet, dass du aufbleibst und auf mich wartest, Mom.«

»Tja, das hatte ich eigentlich auch nicht vor, bis Anna Goodness von der Zentrale anrief und mir erzählte, dass du auf dem Dorfplatz warst, als der Baum Feuer fing. Ich wollte dir eine Nachricht schreiben, aber ich dachte mir, du wärst beschäftigt. Bitte sag mir, dass das nichts mit dir zu tun hatte, Liebling.«

»Mom! Warum sollte das etwas mit mir zu tun haben?«

Meine Mutter schürzte die Lippen und legte den Kopf schief. »Deine Kräfte sind mit Elektrizität verbunden, und die ist manchmal etwas heikel.« Ich verkniff mir eine Erwiderung, während eine Welle der Verteidigung in mir aufstieg. »Komm mit mir in die Küche, trinken wir eine Tasse Tee. Dein Vater ist wieder ins Bett gegangen, aber ich konnte mir einfach keine Sorgen mehr machen, also habe ich auf dich gewartet.«

»Gib mir ein paar Minuten, um meine Tasche nach oben zu bringen. Ich bin gleich da.«

Als meine Mutter den Flur entlangging, bückte ich mich, um meine Tasche aufzuheben. Das Haus meiner Eltern war ein altes Haus im Kolonialstil. Der Eingangsbereich war zwei Stockwerke hoch und hatte eine geschwungene Treppe, die entlang der runden Wand verlief. Der Flur führte vom Eingangsbereich durch die Mitte des Hauses, das durchgehend mit glänzendem Parkett ausgelegt war. Im Erdgeschoss befanden sich auf der einen Seite eine Küche und ein kleiner Wohnbereich und auf der anderen Seite ein formelles Wohn- und Esszimmer sowie das Büro meines Vaters. Ich schlüpfte aus meinen Schuhen und ließ sie in der kleinen Ablage an der Haustür stehen, meine Schritte waren auf der Treppe leise, als ich in Socken nach oben ging.

Auch im Obergeschoss verlief ein Flur durch die Mitte des Hauses, von dem Türen zu sechs Schlafzimmern und vier Badezimmern abgingen. Ich war eines von fünf Kindern. Ich öffnete die Tür zu meinem alten Kinderzimmer und sah, dass die Lampe in der Ecke brannte. Meine Eltern hatten das Zimmer in einem Taubengrau neu gestrichen und es mit leichten Holzmöbeln neu eingerichtet, was dem Raum ein sauberes, modernes Flair verlieh. Eine riesige, marineblaue Daunendecke war auf das Bett geworfen, auf dem sich die Kissen türmten.

Ich stellte meine Tasche neben der Kommode ab, legte meine Handtasche auf den Tisch daneben und kramte schnell nach einer meiner weichen Flanellhosen und einem T-Shirt. Für eine nächtliche Tasse Tee mit meiner Mutter musste ich nicht in Jeans bleiben. Vor dem Spiegel über der Kommode hielt ich inne und fuhr mir mit den Fingern durch mein dunkles Haar. Es war ein wenig feucht vom Schnee. Meine blauen Augen stachen im schummrigen Licht hervor. Ich rümpfte die Nase über meinen ziemlich ungepflegten Zustand. Nicht gerade der beste Look für mein Zusammentreffen mit Donovan.

Mit einem Seufzer drehte ich mich um und eilte nach unten. Ich freute mich auf einen heißen Tee, hoffte aber, dass meine Mutter nicht auf ihren Sorgen über meine »heiklen« Kräfte herumreiten würde.

KAPITEL DREI

»So, du hast dir also am Brunnen etwas gewünscht, und als die Münze hineinfiel, leuchtete sie mit einem kleinen elektrischen Funken auf?«, fragte meine Mutter.

Ich nahm einen Schluck von meinem Zitronen-Honig-Tee und nickte. »Ja. Genau das. Ich kann mich nicht erinnern, wann ich das letzte Mal versucht habe, mir in diesem alten Brunnen etwas zu wünschen. Das ist so lange her, ich weiß es nicht einmal mehr. Danach bin ich auf dem Rückweg zu meinem Auto Donovan Wick über den Weg gelaufen. Erinnerst du dich an ihn?«

»Oh ja. Die Wicks waren eine nette Familie. Ich habe gehört, dass er das alte Haus seiner Großeltern geerbt hat.«

Meine Mutter wusste *alles*. Jederzeit.

»Natürlich wusstest du das«, sagte ich mit einem leichten Lächeln. »Jedenfalls, direkt nachdem ich ihn gesehen hatte, hat der Baum Feuer gefangen. Es gab einen lauten Knall und dann *wusch*. Die Polizei tauchte auf und das ganze Programm. Wir sind aufs Revier gegangen und haben auf seine Bitte hin eine Folgebefragung mit Daniel gemacht. Donovan hat nicht mehr gesehen als ich. Ich kann nicht fassen, dass du denken würdest, ich hätte irgendetwas damit zu tun, Mom.«

Es war mehr als ärgerlich, dass meine Mutter diese Möglichkeit auch nur in Betracht zog. Aber ich neigte wohl dazu, mich wie das Sorgenkind in meiner Familie zu fühlen. Ich hatte einige Herausforderungen erlebt, als ich lernte, meine Kräfte einzusetzen.

Die markanten Züge meiner Mutter lagen teilweise im Schatten, nur von einer einzigen Lampe auf der Seite des Tisches beleuchtet, an dem wir an den Fenstern in der Küche saßen. Ihre Stirn legte sich in Falten und sie seufzte, kaum hörbar, aber laut genug für mich. »Liebes, ich würde niemals denken, dass du so etwas absichtlich tun würdest. Es ist nur so, dass deine Art von Kraft manchmal schwer zu bändigen ist, und sie kann Feuer entfachen. Das weißt du.«

»Mom, ich weiß, dass meine Kräfte ein bisschen durchgedreht sind, als ich anfing zu lernen, aber es hat nicht geholfen, dass weder du noch Dad mir beim Üben helfen konnten. Ich meine, du bist die Königin der Ahnenforschung, und Dad hat andere Kräfte. Außerdem hast du mir gesagt, dass meine Erfahrungen, als ich anfing, meine elektrischen Kräfte zu nutzen, überhaupt nicht ungewöhnlich waren. Ich habe seit Jahren keine Probleme mehr gehabt«, erklärte ich und versuchte, nicht allzu defensiv zu klingen.

Der Blick meiner Mutter wurde weicher, und sie griff über den Tisch, um meine Hand zu drücken. »Ich weiß, Liebes. Und du hast recht. Ich hätte nichts sagen sollen.« Sie hielt inne und nahm einen Schluck von ihrem Tee. »Ich kann mir nur vorstellen, dass morgen in der Stadt die Gerüchteküche brodeln wird.«

»Oh, ich bin sicher, das tut sie bereits. Du warst wach, um mich an der Tür zu empfangen, und hast mir Tee gemacht«, sagte ich ironisch.

Meine Mutter lächelte. »Ich war schon immer eine Nachteule. Das weißt du doch. Genau wie du. Nur *meine* Tochter würde beschließen, nach Hause zu fahren und so spät anzukommen.«

»Erinnerst du dich, wann du dir das letzte Mal am Brunnen etwas gewünscht hast?«, fragte ich zwischen zwei Schlucken meines wohltuenden Tees.

Meine Mutter trommelte mit den Fingerspitzen auf den Tisch, bevor sie mit den Schultern zuckte. »Ich kann mich ehrlich gesagt nicht erinnern. Als ich ein kleines Mädchen war, war ich, wie die meisten von uns, von diesem Brunnen fasziniert. Sobald ich die

Legende gehört hatte, war ich so neugierig darauf. Also habe ich mir ein paar Jahre lang einen Wunsch nach dem anderen geäußert. Ich erinnere mich daran, eine Münze hineingeworfen und ein leichtes elektrisches Kribbeln in meinen Fingern gespürt zu haben, wann immer ich mir etwas wünschte, aber das ist alles, woran ich mich erinnern kann. Ehrlich gesagt, glaube ich nicht, dass ich jemals versucht habe, mir im Dunkeln etwas zu wünschen. Soweit wir wissen, hast du diesen kleinen Goldschimmer im Wasser nur gesehen, weil es kein Tageslicht gab. Tagsüber scheint die Sonne fast immer auf den Brunnen. Da wäre es schwer, so etwas zu sehen.«

»Guter Punkt, aber ich kann mich nicht erinnern, es jemals zuvor gesehen zu haben.«

»Die logische Frage ist, ob du dir jemals zuvor im Dunkeln etwas gewünscht hast.«

Ich grinste. »Ich erinnere mich nicht, Mom.«

Als sie zurücklächelte, während ich einen weiteren Schluck von meinem Tee nahm, löste sich diese kleine Anspannung in mir. Ich war zu Hause, und auch wenn meine Mutter sich manchmal Sorgen um mich machte, sie liebte mich.

Alles in allem, wenn die eigene hexische Tochter zufällig mit einer der unvorhersehbarsten übernatürlichen Kräfte ausgestattet war ... nun, ich nahm an, sie hatte sich ein bisschen mehr Sorgen zu machen als eine durchschnittliche Mutter. Das, und die Tatsache, dass sie Mutter von fünf Kindern war, die allesamt Hexen und Hexenmeister waren. Sie hatte mehr als nur ein Füllhorn an Sorgen zu bedenken.

———

Eisiger Wind wehte über den Stadtpark, und ich griff reflexartig nach oben, um meinen Schal enger zu ziehen. Ich neigte den Kopf nach unten, und als Reaktion auf die Kälte bildeten sich Tränen in meinen Augenwinkeln. Die Sonne stand hoch am Himmel und glitzerte auf der gekräuselten Oberfläche des Atlantischen Ozeans, als ich den Bürgersteig entlang eilte.

Als ich mich dem schmiedeeisernen Tor näherte, das in den Stadtpark führte, hielt ich inne und blickte auf den Baum. Bei dem Anblick zuckte ich zusammen. Der einst leuchtend grüne Nadelbaum war verkohlt, nur ein paar Äste und spärliche grüne Stellen waren noch zu sehen. Sehr wenig von dem Baum war dem Zorn dieses bizarren Feuers von letzter Nacht entkommen. Ich atmete tief durch und sprach ein kleines Gebet. Ich hatte Vertrauen, dass der Baum sich erholen würde. Die Feuerwehrleute hatten das Feuer erfolgreich gelöscht, bevor es vollständig niederbrannte, aber es war ein trauriger Anblick vor der verschneiten Winterlandschaft. Ich wandte mich ab und schaute in beide Richtungen, bevor ich die Straße überquerte.

Sobald meine Augen auf dem Schild für Magic Beans landeten, kräuselten sich meine Lippen zu einem Lächeln, und ich beschleunigte meine Schritte ein wenig. Im nächsten Moment trat ich ein, und ein kleiner Kältewirbel folgte mir, als die Tür hinter mir ins Schloss fiel.

Wärme umhüllte mich, während ich meinen Blick durch mein Lieblings-Café schweifen ließ. Im Magic Beans gab es köstlichen Kaffee und leckere Backwaren. Der Duft von Kaffee stieg mir in die Nase und vermischte sich mit dem von Zimt, Zucker und frischem Brot. Ich atmete tief ein, streifte meine Handschuhe ab, wickelte meinen Schal los und ging zum Tresen, vor dem sich eine kurze Schlange gebildet hatte.

Als ich vorne in der Schlange angekommen war, blickte Sarah Glen mit einem Lächeln auf. »Hi, Juliette!« Sie reichte der Kundin, die zur Seite getreten war, etwas Wechselgeld. »Ich wünsche Ihnen noch einen schönen Tag«, rief sie der Frau hinterher, als diese sich, den Kaffee in der Hand, abwandte.

Ich lehnte die Hüfte an den Tresen und lächelte Sarah an. »Hallo. Ich bin wieder da.«

»Diesmal endgültig, oder?«

»Ich denke schon. Das Magic Beans hat bei meiner Entscheidung, wieder hierherzuziehen, durchaus eine Rolle gespielt«, erwiderte ich mit einem Augenzwinkern.

Sarahs Lächeln wurde breiter. »Na dann. Was darf es denn heute Morgen für dich sein?«

»Wie wärs mit einem Shot in the Dark?«, erwiderte ich und meinte damit meinen Lieblingskaffee – den kräftigen Hauskaffee mit einem Schuss Espresso für den zusätzlichen Kick.

»Kommt sofort.« Sarah drehte sich zur Espressomaschine hinter sich um und begann, meinen Kaffee zuzubereiten.

»Morgen, Juliette«, sagte eine Stimme über meine Schulter.

Ich blickte zurück und sah Donovan Wick dort stehen. In dem Moment, als ich seinem blauen Blick begegnete, flatterte mein Magen. »Oh, hi, Donovan. Auch hier für einen Kaffee?«

Offensichtlicher geht's wohl nicht, was?

Meine innere Kritikerin war immer zur Stelle. Warum sonst sollte man in einem Café sein?

Donovan trat neben mich und legte eine Hand auf den Tresen. Sein dunkles Haar war zerzaust, wahrscheinlich vom Wind. Er trug eine schwarze Daunenjacke über einer ausgewaschenen Jeans und Lederstiefeln. Ohne die geringste Anstrengung wirkte er souverän und markant-männlich. Er hatte einen kräftigen Kiefer, ausgeprägte Wangenknochen und eine gerade, leicht betonte Nase, die seine Aura der Stärke nur noch unterstrich.

Bei seinem Lächeln bildeten sich Fältchen in seinen Augenwinkeln. »Tatsächlich bin ich für einen Kaffee hier. Ich nehme an, du bist aus demselben Grund hier?«

Ich spürte, wie meine Wangen leicht warm wurden, als ich nickte. »Ja, genau. Da du seit der ersten Klasse nicht mehr in der Stadt warst, solltest du wissen, dass das Magic Beans das beste Café der Stadt ist«, sagte ich, gerade als Sarah sich mit meinem Kaffee umdrehte.

Sie blickte zwischen uns hin und her und strahlte mich an. »Oh, danke, Juliette. Hier ist dein Kaffee«, sagte sie, als sie mir die Tasse über den Tresen schob. »Das macht dann glatt drei Dollar.«

Während ich mein Portemonnaie aus meiner Handtasche kramte, wandte sie ihre Aufmerksamkeit Donovan zu. »Was kann ich Ihnen heute Morgen bringen? Ich bin übrigens Sarah Glen. Meine Familie betreibt das Magic Beans, und meistens finden Sie mich hier.«

»Schön, Sie kennenzulernen, Sarah«, erwiderte Donovan gewandt. »Ich bin Donovan Wick. Ich kenne Juliette aus der bereits erwähnten ersten Klasse. Seitdem war ich tatsächlich ein paar Mal in Charm Cove, um meine Großeltern zu besuchen. Sie sind verstorben, also habe ich das Haus der Familie geerbt und ziehe wieder hierher. Was den Kaffee angeht, nehme ich einen Shot in the Dark, falls Sie das haben.«

Ich blickte zu Sarah auf und reichte ihr einen Fünf-Dollar-Schein. »Stimmt so.« An Donovan gewandt fügte ich hinzu: »Einen Shot in the Dark haben sie. Das ist mein Lieblingskaffee.«

Ich fühlte mich in die erste Klasse zurückversetzt, so albern und kindisch waren meine Gedanken. Irgendwie dachte ich, es hätte eine Bedeutung, dass wir denselben Lieblingskaffee hatten.

Donovan schenkte mir ein kurzes Grinsen, bevor er Sarah ansah. »Perfekt. Ich nehme die größte Größe, die Sie haben. Isst du auch was?«, fragte er und blickte wieder zu mir.

»Oh, daran habe ich gar nicht gedacht.« Ich fing Sarahs Blick auf und fragte: »Kann ich eine Spinat-Käse-Schnecke haben?«

»Die übernehme ich für dich«, warf Donovan ein.

»Das musst du nicht tun.«

»Du kannst dich beim nächsten Mal revanchieren, wenn ich dich hier sehe«, sagte er bestimmt.

Als Donovan nach unten blickte, um sein Portemonnaie aus der Tasche zu ziehen, fing Sarah meinen Blick auf und zog vielsagend die Augenbrauen hoch. Ich hoffte, es war nicht allzu offensichtlich, dass ich, na ja, wohl ein bisschen auf Donovan *stand*. Sarahs wissender Blick war keine große Hilfe.

»Machen Sie daraus zwei Spinat-Käse-Schnecken«, sagte Donovan, während er eine Kreditkarte reichte.

Sarah kassierte ihn ab und begann, seinen Kaffee zuzubereiten, nachdem sie die beiden Schnecken in den kleinen Ofen neben der Espressomaschine geschoben hatte.

»Ich suche uns einen Tisch. Wir sehen uns bestimmt bald wieder, Sarah«, rief ich, als ich mich abwandte und durch das Café schlängelte, um den letzten freien Tisch neben den Fenstern zu ergattern.

KAPITEL VIER

Gerade als ich mich hinsetzte, hörte ich meinen Namen. Ich schaute hinüber und sah meine Schwägerin Moira an einem Tisch direkt neben mir sitzen, zusammen mit unserer gemeinsamen Freundin Zoe Levesque. Zoe war zufällig mit Daniel verheiratet, dem Polizeichef der Stadt, der mich heute in den frühen Morgenstunden verhört hatte.

»Oh, hallo! Ich habe euch gar nicht gesehen, als ich reingekommen bin«, sagte ich und drehte mich beim Hinsetzen in ihre Richtung.

Moira lächelte kurz auf. »Ich habe gerade erst hochgeschaut, als du herüberkamst.« Sie beugte sich näher. »Wer ist der heiße Typ an der Theke?«, flüsterte sie.

Zoe kicherte und strich sich eine ihrer braunen Locken aus der Wange, während ihre passenden braunen Augen schelmisch aufblitzten.

»Das ist Donovan Wick«, sagte ich leise. »Erinnerst du dich an ihn? Er war mit mir in der ersten Klasse. Du müsstest ein Jahr über uns gewesen sein.«

Moira schürzte die Lippen, ihre grünen Augen musterten Donovan an der Theke nachdenklich. »Kaum. Ist seine Familie aus der Stadt weggezogen?«

Zoe nickte. »Ich erinnere mich an ihn. Sie wohnten direkt die Straße runter von meinen Eltern, als ich klein war. Er ist mit seinen Eltern weggezogen, aber seine Großeltern sind hier geblieben. Sein Großvater ist vor ein paar Jahren gestorben und seine Großmutter erst letztes Jahr. Laut meiner Mutter haben sie ihm das alte Familienhaus hinterlassen.«

Moira lehnte sich in ihrem Stuhl zurück und grinste Zoe an. »Gibt es irgendetwas, woran du dich nicht erinnerst?«, neckte sie sie.

»Tatsächlich vergesse ich, was ich im Supermarkt brauche. Es sind solche zufälligen Fakten, die ich nicht vergesse. Meine alltägliche Vergesslichkeit ist jetzt, wo mein Baby in zwei Wochen kommen soll, noch viel schlimmer. Ich muss euch aber sagen, ich kann es kaum erwarten, eine Tasse Kaffee zu trinken«, sagte sie und hob die Tasse in ihrer Hand. »Bevor ich schwanger wurde, habe ich nur ab und zu Tee getrunken. Jetzt habe ich die Nase voll davon.«

»Okay, irgendwie habe ich das Zeitgefühl verloren. Mir war gar nicht klar, dass dein Baby schon in zwei Wochen kommt«, sagte ich und mein Blick wanderte zu ihrem ziemlich runden Bauch.

Moira grinste und strich sich eine Strähne ihres glänzenden schwarzen Haares hinters Ohr. »In zwei Wochen bin ich Patentante. Das scheint ein guter erster Schritt zu sein, bevor Liam und ich überhaupt daran denken, ein eigenes Baby zu bekommen.«

»Seid ihr und Liam ...?«, begann ich.

Moira fiel mir ins Wort. »Denk bloß nicht, dass wir in nächster Zeit ein Baby bekommen. Obwohl Liam meinte, er sei bereit, wann immer ich es bin. Ich weiß nicht, ob das die Sache einfacher macht oder nicht. Dein Bruder ist manchmal einfach zu gut.«

Sie bezog sich auf meinen ältesten Bruder, den Mann, den zu heiraten ihr Schicksal war, seit bevor sie überhaupt geboren wurde. Als eine Good war mir der legendäre Zauber, der vor Jahrhunderten von zwei Matriarchinnen der Familien Wicked und Good gewirkt wurde, wohlbekannt. Nach einer üblen Fehde zwischen den mächtigen Familien hatten sie einen Zauber gesprochen, der verfügte, dass einmal in jedem Jahrhundert ein Wicked und ein Good heiraten müssen. Mein Bruder war der Glückliche für dieses Jahrhundert. Gott sei Dank war ich es nicht gewesen. Ich konnte mir diese Art von Druck nicht einmal vorstellen.

Ich lachte, gerade als Donovan an unseren Tisch trat. »Störe ich gerade?«, fragte er, als er neben dem leeren Stuhl gegenüber von mir stehen blieb.

»Natürlich nicht. Setz dich. Du hast mir ja gerade ein Frühstück spendiert.« Ich deutete auf Zoe und Moira und sagte: »Das ist meine Schwägerin Moira und unsere Freundin Zoe. Benimm dich in Zoes Nähe, denn sie ist zufällig mit Daniel Levesque verheiratet.«

Donovan lachte, als er sich auf den Stuhl mir gegenüber setzte und Moira und Zoe zunickte. »Ich bin Donovan Wick. Freut mich, euch kennenzulernen.«

»Schön, dich kennenzulernen. Wir haben von Juliette gehört, dass du gerade erst nach Charm Cove zurückgezogen bist«, sagte Zoe gesprächig.

»Das stimmt. Ich habe deinen Mann letzte Nacht kennengelernt.«

»Oh ja, Daniel hat erwähnt, dass du einer der wenigen Leute warst, die in der Nähe waren, als der Stadtbaum Feuer fing.«

»Stimmt«, sagte Moira und schaute zu mir. »Deine Mutter hat erwähnt, dass du da warst. Was in aller Welt ist passiert?«

Donovan und ich berichteten schnell von den Ereignissen. Ich zuckte zum Schluss mit den Schultern und fügte hinzu: »Wir haben also keine Ahnung, was passiert ist. Ich habe den Baum heute Morgen gesehen. Er sieht so traurig aus.«

Moira nickte. »Ich weiß.« Ihr Blick richtete sich auf Zoe. »Was meint Daniel?«

Zoe trank ihren Tee aus und lehnte sich in ihrem Stuhl zurück. »Er hat nicht viele Anhaltspunkte. Beatrice Powers war diejenige, die die Polizei gerufen und gemeldet hat, dass sie das Feuer von ihrem Haus aus sehen konnte. Das macht Sinn, wenn man bedenkt, dass sie direkt an der Ecke des Dorfplatzes wohnt. Ansonsten sind Juliette und Donovan die einzigen beiden Zeugen. Daniel weiß nicht so recht, was er davon halten soll.«

»Ich würde ja sagen, vielleicht hatte die Weihnachtsbeleuchtung einen Kurzschluss, aber die läuft ja mit Magie«, warf Moira ein.

»Genau«, stimmte ich zu.

»Nun, so traurig es auch ist, dass der Baum so schlimm verbrannt ist, bin ich einfach nur froh, dass bei dem Feuer nichts anderes beschädigt wurde«, kommentierte Zoe.

»Liam wird sich den Baum heute ansehen. Vielleicht kann er den Baum wieder in seinen ursprünglichen Zustand versetzen«, warf Moira ein.

»Oh«, sagte ich und hellte auf, als ich zu Moira schaute. »Ich hatte vergessen, dass er das vielleicht hinkriegt.« Donovan blickte zwischen uns hin und her und zog fragend eine Augenbraue hoch.

»Liam hat die Macht, Dinge in ihren ursprünglichen Zustand zurückzuversetzen«, erklärte Moira. »Bei Pflanzen und Bäumen kann das etwas knifflig sein, aber es ist auf jeden Fall einen Versuch wert.«

»Der Haken an der Sache ist nur, wie erklären wir das?«, warf ich ein.

»Er sagte, er würde es an einem Ast ausprobieren und sehen, ob es funktioniert. Wenn ja, dann macht er es einfach Stück für Stück, damit es nicht verdächtig ist«, stellte Moira klar, bevor sie auf ihre Uhr schaute. »Oh, ich muss los. Ich muss den Laden aufmachen. Soll ich dich zu deinem Auto bringen?« Ihr Blick wanderte zu Zoe.

Zoe nickte, stand langsam auf und seufzte, während sie sich den unteren Rücken rieb. »Das wäre super. Ich schwöre, ich bin zu klein für eine Schwangerschaft. Mein Rücken bringt mich in den letzten Wochen um.«

Ich blieb bei ihnen stehen und umarmte Zoe kurz. »Schön, dich zu sehen. Wir müssen uns bald mal treffen. Ich komme auch zu dir, wenn das einfacher ist«, sagte ich und trat einen Schritt zurück.

Moira umarmte mich kurz, bevor die beiden gingen. Ich setzte mich wieder an den Tisch. Als ich zu Donovan hinüberblickte, bemerkte ich seinen belustigten Gesichtsausdruck. »Was?«

Er lächelte langsam. »Ich hatte vergessen, wie es ist, in einer Stadt zu leben, in der Hexen und Hexenmeister offen mit ihren Kräften umgehen. Zumindest untereinander.«

Unsere Blicke trafen sich über den kleinen Tisch hinweg und meine Mundwinkel verzogen sich zu einem Lächeln. »Das vergisst man schnell, was?«

Donovan zuckte leicht mit den Schultern. »Ich war noch so jung, als wir wegzogen, dass ich, seit ich meine Kräfte bekommen habe, die meiste Zeit meines Lebens fernab von einem Ort wie diesem gelebt habe. Meine Eltern waren sehr vorsichtig und ließen mich kaum Magie anwenden. Als ich alt genug wurde und meine Kräfte stärker wurden, wurden meine Eltern noch strenger. Sie hatten Angst, ich könnte aus Versehen etwas Dummes anstellen. Ich nehme an, wenn man als Teenager in Charm Cove lebt, muss man sich darüber keine Sorgen machen.«

»Tatsächlich ist es nicht ganz so einfach. Wie mit dem Baum. Es gibt hier genug Leute, die keine Hexen und Hexenmeister sind, sodass Liam nicht einfach hingehen und den Baum auf einmal wiederherstellen kann. Auch wenn er durchaus dazu in der Lage wäre, falls seine Magie bei dem Baum wirkt. Er wird es Stück für Stück machen müssen, um keinen Verdacht zu erregen. Wir können hier zwar offener sein, aber das gilt nur im Umgang mit anderen Hexen und Hexenmeistern. Und was mich betrifft, nun ja, als meine Kräfte anfingen, stärker zu werden, war es nicht gerade einfach. Meine Kräfte drehen sich darum, Elektrizität zu kontrollieren und zu erzeugen.«

Donovans Augenbrauen zuckten nach oben. »Ah. Das ist heikel, oder?«

»Nicht mehr, aber am Anfang habe ich ständig Mist gebaut. Was ist deine Kraft?«

Wenn es um Hexen und Hexenmeister ging, gab es eine Reihe von allgemeinen Kräften, die wir alle teilten – kleinere Kräfte im Zusammenhang mit Pflanzen und praktischen Aufgaben wie dem Aufschließen von Türen. Die meisten von uns besaßen irgendeine Kraft, um andere Zauber abzublocken. Einige hatten die Fähigkeit, Zauber einzufangen und Kräfte zu spüren. Darüber hinaus hatte jede Hexe und jeder Hexenmeister seine eigene, einzigartige Kraft. Manche Kräfte wurden in Familien weitergegeben, aber selbst dann gab es immer Variationen in der Art der Kraft bei jedem Einzelnen.

Da Donovan weggezogen war, als ich noch so jung war, kannte ich die Kräfte seiner Familie nicht. Ich erinnerte mich an seine Großmutter. Sie war bekannt für ihre unglaublichen Kuchen und spendete sie oft, damit sie für verschiedene wohltätige Zwecke verkauft werden konnten. Ich konnte mich nicht erinnern, was ihre Kraft gewesen war, oder die seines Großvaters.

Charm Cove war ein weltbekanntes Machtzentrum für Hexen und Hexenmeister. Es lebten so viele hier, dass man leicht den Überblick verlieren konnte.

»Nun, abgesehen von den üblichen Dingen hat meine Familie zusätzliche Kräfte beim Abblocken und Aufspüren von Zaubern. Ich kann Gegenstände transportieren. Manchmal ist das praktisch«, erklärte Donovan mit einem schiefen Grinsen. »Aber ich muss vorsichtig sein.«

Ich erwiderte sein Grinsen mit meinem eigenen. »Das kann ich mir vorstellen. Hast du sie in der Highschool benutzt, um Schnapsflaschen aus der Hausbar deiner Eltern zu transportieren?«

Donovan kicherte. »Vielleicht ein- oder zweimal. Aber dann hat mein Vater einen wirklich starken Schutzzauber auf die Hausbar gelegt, und damit war die Sache erledigt.« Donovan schaute auf seine Uhr. »Ich muss jetzt auch los. Ich treffe mich mit einem Bauunternehmer am Haus. Meine Großeltern haben praktisch in einer Zeitkapsel gelebt. In den meisten Teilen des Hauses liegt immer noch Shag-Teppich aus den Siebzigern.«

»Oh, wow. Den würde ich zu gerne sehen.«

»Du kannst jederzeit vorbeikommen. Apropos, möchtest du morgen zum Abendessen gehen?«

Ich spürte, wie mir die Hitze in die Wangen stieg. Ich glaube, Donovan hat mich tatsächlich nach einem Date gefragt. Ich wusste gar nicht, was ich davon halten sollte. Ich spürte, wie ich nickte, bevor ich weiter darüber nachdenken konnte.

Sein Mundwinkel zuckte, als er langsam ebenfalls nickte. »Wie wäre es dann mit übermorgen? Soll ich dich abholen?«

»Wenn es dir nichts ausmacht, würde ich dich lieber dort treffen. Ich wohne bei meinen Eltern. Es sei denn, du möchtest dich mit ihnen herumschlagen ...«

Donovan warf lachend den Kopf in den Nacken. Als sein Blick wieder auf meinem ruhte, fügte er hinzu: »Ich weiß gar nicht, wo ich ein Abendessen vorschlagen soll. Irgendwelche Empfehlungen?«

»Das ›Charm Café‹ ist immer gut. Es ist im nächsten Block, die Good Lane hinunter.«

»Ausgezeichnet. Sagen wir sechs Uhr?«, fragte er, als er vom Tisch aufstand.

»Klingt gut. Viel Glück bei deinem Treffen mit dem Bauunternehmer«, antwortete ich.

KAPITEL FÜNF

Nachdem Donovan gegangen war, trank ich meinen Kaffee aus und fragte mich, was es wohl zu bedeuten hatte, dass ich mir letzte Nacht gewünscht hatte, einen Mann zu treffen, der es wert war. Und jetzt hatte Donovan mich zum Abendessen eingeladen. Ich gehörte nicht zu den Leuten, die blind an das Schicksal glaubten, aber ich kam nicht umhin, mich das zu fragen.

Einige Momente später stieß ich die Tür des Cafés auf. Als ich nach draußen trat, schlug mir die kalte Winterluft ins Gesicht. Ich zog meinen Schal enger und wollte gerade die Straße überqueren, als ich hörte, wie jemand meinen Namen rief.

Ich blickte über die Schulter und sah Beatrice Powers auf mich zukommen. Sie war für das Winterwetter warm eingepackt und ging schnellen Schrittes. Sie trug eine eng anliegende Hose und eine Daunenjacke mit Handschuhen und einer Mütze. Es erstaunte mich, dass sie über neunzig Jahre alt war und trotzdem das ganze Jahr über Powerwalking machte. Das tat sie schon, solange ich mich erinnern konnte. Ihr silbernes Haar glänzte in der frühen Morgensonne und ihre braunen Augen bekamen Fältchen an den Rändern, als sie lächelte und vor mir stehen blieb.

Beatrice war so schlank wie eh und je. Als eine Windböe aufkam, machte ich mir Sorgen, sie könnte weggeweht werden. »Hallo, Juliette. Wie geht es dir heute Morgen?«

»Mir geht es gut. Und wie geht es dir, Beatrice?«

»Gut, wie immer«, erwiderte sie mit einem leichten Achselzucken. »Es ist ein bisschen kühl heute Morgen.« Sie hielt inne und blickte zu dem verkohlten Baum in der Mitte des Dorfplatzes. »Ich habe gehört, du warst letzte Nacht eine der Zeuginnen.« Ihr Blick wanderte zurück zu mir, und ich hatte das Gefühl, als würde sie in meinem Kopf nach etwas suchen.

Ich kannte Beatrice schon, solange ich denken konnte. Sie war eine unglaublich mächtige Hexe. Soweit ich wusste, hatte sie tatsächlich die Fähigkeit, meine Gedanken zu lesen, nicht dass es dort irgendetwas über den Baum zu finden gab. Trotzdem machte ich mir Sorgen. Ich konnte nicht anders, als mich zu fragen, ob meine Anwesenheit und meine elektrischen Kräfte irgendwie etwas damit zu tun hatten, dass der Baum Feuer gefangen hatte.

»Ich war eine der nur zwei Zeugen. Ich hasse es, diesen Baum bei Tageslicht zu sehen. Liam will sehen, ob er ihn wiederherstellen kann«, sagte ich.

Beatrice nickte. »Natürlich wird er das können. Der Teil wird einfach sein. Die Herausforderung für ihn wird sein, es so hinzubekommen, dass es nicht verdächtig wirkt.«

»Ich weiß. Du hast die Polizei gerufen, richtig?«, fragte ich und wechselte das Thema.

»Das habe ich natürlich. Der Schlaf ist trügerisch, wenn man älter ist. Ich war wach und habe gelesen, weil ich nicht schlafen konnte. Und im nächsten Moment war dieser Baum wie ein riesiges Streichholz mitten auf dem Dorfplatz.« Sie hielt inne und legte den Kopf schief. »Ich glaube nicht, dass du etwas damit zu tun hast, meine Liebe, aber ich mache mir Sorgen, dass dein Wunsch und deine elektrischen Kräfte irgendwie von jemand anderem aufgefangen worden sein könnten. Ich dachte auch, ich sollte dich warnen, dass das Gerücht umgeht, du hättest den Baum in Brand gesteckt.«

»Was?!«, fragte ich und konnte die Bestürzung in meiner Stimme nicht verbergen.

Beatrice streckte die Hand aus, ihre Hand schloss sich um eine meiner und drückte sie sanft. »Gerüchte verbreiten sich so schnell, wie dieser Baum Feuer gefangen hat, meine Liebe.«

»Aber warum ich? Ich war zufällig da«, protestierte ich.

»Nun, es ist logisch, darum. Jeder, der mit deinen Kräften vertraut ist, könnte sich das fragen, denn so sind die Leute nun mal.«

Bestürzt starrte ich sie an und seufzte. Sie drückte meine Hand noch einmal, bevor sie ihre Hände in ihre Taschen gleiten ließ.

»Nun, Daniel scheint mich nicht zu verdächtigen«, meinte ich zögerlich.

»Meine Liebe, er war der Erste, der es erwähnt hat.«

»Das würde ich niemals tun!«

»Daniel scheint nicht zu glauben, dass du etwas absichtlich getan hast, aber anscheinend hat ihm jemand von deinen Kräften mit der Elektrizität erzählt. Er ist besorgt, dass es ein Missgeschick gegeben haben könnte.«

Ich atmete tief durch und zwang mich mit aller Willenskraft, nicht laut aufzuschreien. Das war wirklich ein Moment, bei dem man aus allen Wolken fiel. Nach einem weiteren langsamen Atemzug antwortete ich: »Na ja, ich schätze, ich sollte mit ihm reden gehen.«

»Mach dir keine Sorgen, meine Liebe. Ich halte meine Ohren offen. Ich habe vor, mit Camille Wicked zu sprechen. Außer dir und Donovan habe ich letzte Nacht noch einen anderen Mann auf der anderen Seite des Dorfplatzes und eine Gruppe von Teenagern gesehen. Sobald ich kann, will ich, dass sie sich absichtlich einigen dieser Jugendlichen nähert.«

»Ich verstehe nicht ganz. Wie kann Camille helfen?«, fragte ich. Camille Wicked war Moiras Mutter und somit auch die Schwiegermutter meines Bruders.

»Sie kann Geheimnisse spüren, meine Liebe. Wenn jemand ein Geheimnis hat, das er bewahren will, und sie ihm nahe genug kommt, wird sie es für uns herausfinden.«

»Also müssen wir nur herausfinden, wer letzte Nacht noch auf dem Dorfplatz war?«

»Das würde sicherlich helfen.«

»Gut, ich werde mich umhören.«

Beatrice nickte energisch. »Sei in der Zwischenzeit aufmerksam.

Du solltest auch mit Moira reden. Sie bekommt im Laden alles mit. Genauso wie deine Tante Opal.«

»Ich schaue jetzt bei Moira im Laden vorbei. Schön, dich zu sehen, Beatrice. Danke, dass du mich wegen der Gerüchte vorgewarnt hast. Und ich habe mich schon gefreut, endlich wieder nach Hause zu ziehen.«

»Oh, das wird vorübergehen. Du wirst froh sein, dass du hier bist. Hier gehörst du hin. Das verspreche ich dir.«

Nach diesen beruhigenden Worten winkte Beatrice und eilte davon.

KAPITEL SECHS

Ich überquerte gerade die Straße und schlug einen Weg schräg über den Dorfplatz ein, als ich einen unterdrückten Ausruf hörte. Als ich hinübersah, erblickte ich ein Paar, das vor dem Brunnen stand, bei dem ich gestern Abend meinen Wunsch geäußert hatte.

Eine Frau schlang ihre Arme um den Mann an ihrer Seite. »Ich habe mir gerade gewünscht, dass du mir einen Heiratsantrag machst. Und dann hast du es getan!«, rief sie aus.

Ohne es zu merken, trugen mich meine Füße auf den Brunnen zu und brachten mich in die Nähe des Paares. Der Mann sah etwas benommen aus, aber er lächelte. Die Frau wirkte geradezu ekstatisch.

»Entschuldigen Sie«, sagte ich und blieb in der Nähe stehen. Sie sahen wie auf Kommando in meine Richtung. »Haben Sie sich gerade etwas am Brunnen gewünscht?«

Die Frau nickte aufgeregt. »Ja! Ich habe mir gerade gewünscht, dass er mir einen Heiratsantrag macht, und eine Sekunde später hat er es getan. Ist das nicht unglaublich?«

»Wow, das ist es auf jeden Fall. Haben Sie sich hier schon einmal etwas gewünscht?«

Die Frau schüttelte den Kopf. »Nein. Wir sind zum ersten Mal hier. Wir sind nur auf der Durchreise, weil eine Freundin von mir in Bar

Harbor heiratet. Wir haben beschlossen, unterwegs hier zu Mittag zu essen, weil wir gehört haben, dass es so ein süßes, kleines Städtchen ist. Wir hoffen, dass wir einen Sommer hier Urlaub machen können.«

»Nun, es ist schön, dass Ihr Wunsch in Erfüllung gegangen ist. Ich wünsche Ihnen einen guten Appetit und herzlichen Glückwunsch«, brachte ich hervor und versuchte, die Sorge zu unterdrücken, die in mir aufstieg.

Dieser Wunschbrunnen sollte eigentlich für niemanden außer Hexen und Hexenmeistern funktionieren. Ich wurde den Anblick der Elektrizität nicht los, die gestern Abend in der Dunkelheit durch das Wasser nach oben gestiegen war, als ich die Münze in den Brunnen geworfen hatte. Außerdem wurde ich die Sorge nicht los, dass Beatrice vielleicht auf der richtigen Fährte war, als sie sagte, meine Kräfte könnten etwas ausgelöst haben, das den Brand verursacht hatte.

Eine Familie mit zwei kleinen Kindern kam vorbei und schien den letzten Teil unseres Gesprächs mitangehört zu haben. »Wünsch dir was, Maddie«, sagte die Mutter und strich ihrer Tochter über den mützenbedeckten Kopf, unter dem zwei dunkle Zöpfe hervorlugten.

Das kleine Mädchen, von dem ich annahm, dass es Maddie war, lächelte zu ihrer Mutter auf. »Dafür brauche ich aber erst einen Penny«, verkündete sie.

Der Vater fischte den gewünschten Penny aus seiner Tasche und gab ihn ihr. Die kleine Maddie hielt ihn in ihren kleinen, mit Fäustlingen bekleideten Händen, kniff die Augen fest zu, öffnete sie dann wieder und warf die Münze in den Brunnen.

Als ich zum Gesicht der Mutter hinübersah, wusste ich, dass ich nicht die Einzige war, die den goldenen Schimmer sah, der von dem Penny aufstieg, als er auf dem Grund des alten Granitbrunnens aufschlug.

Maddie quietschte und klatschte in die Hände, als ihr Vater sprach. »Na, sollen wir als Nächstes in den Laden mit den Ahornsirup-Süßigkeiten gehen?«, fragte er.

Maddie strahlte. »Genau das habe ich mir gewünscht, Papi! Ich wollte, dass du mit uns in den Laden mit den Ahornsirup-Süßigkeiten gehst, weil ich einen von diesen Lutschern haben möchte. Sie sehen aus wie ein Baum«, erklärte sie, griff nach der Hand ihrer Mutter und drückte sie fest, während sie auf und ab hüpfte.

Der Vater hatte einen leicht benommenen Ausdruck im Gesicht, wenn auch nicht ganz so benommen wie der Mann, der gerade einen Heiratsantrag gemacht und sich dabei anscheinend genauso sehr überrascht hatte wie seine neue Verlobte. Die Mutter schien den Zeitpunkt der Ankündigung des Vaters für nichts weiter als einen Zufall zu halten. »Wir wollten da ohnehin hingehen, Maddie. Aber es ist immer gut, wenn Wünsche in Erfüllung gehen, nicht wahr?«

Ich lächelte höflich und zuckte mit den Schultern, als die Mutter wieder in meine Richtung blickte. »Wünsche sind am schönsten, wenn sie wahr werden. Ich wünsche Ihnen allen einen schönen Tag«, sagte ich, bevor ich mich schnell entfernte.

Momente später stieß ich die Tür zu »Persnickety Potions & Gifts« auf, dessen leuchtend lila Schild mit den verschnörkelten Buchstaben, das am Dorfplatz hing, gut zum Laden passte.

Ich lächelte in Moiras Richtung, sobald sich die Tür hinter mir schloss, erleichtert über die Wärme, die mich umfing.

»Ich wusste gar nicht, dass du gleich herkommst, Juliette«, sagte Moira.

»Das hatte ich auch nicht vor, aber dann bin ich Beatrice begegnet«, erwiderte ich, während ich meinen Schal abwickelte und zum Tresen an der Seite des Ladens ging.

»Oh, wirklich?« Moira sortierte gerade ein paar Armbänder in einer Kiste auf dem Tresen.

Ich trat näher und blieb vor der Vitrine stehen, wobei ich mich mit der Hüfte dagegen lehnte. »Ja. Anscheinend geht das Gerücht um, dass mir ein Missgeschick passiert ist und ich letzte Nacht das Feuer gelegt habe. Ich nehme an, du hättest es erwähnt, wenn du diesen kleinen Klatsch gehört hättest.«

»Natürlich! Aber ich bekomme die meisten meiner Gerüchte hier mit, und ich habe erst vor ein paar Minuten aufgemacht. Was hat Beatrice denn gesagt?«

»Genau das. Anscheinend verdächtigt sogar Daniel, dass es ein Unfall war. Moira, ich habe nichts getan! Außer, dass ich mir wirklich Sorgen mache, dass es einen Unfall gab.«

»Was meinst du damit?«

»Na ja, du weißt ja, dass elektrische Kräfte unberechenbar sein können. Ich habe jetzt viel mehr Kontrolle und hatte seit Jahren keine Probleme mehr. Aber als ich gestern Abend in der Stadt ankam, habe ich am Dorfplatz angehalten. Einfach so. Er war so hübsch und die Lichter am Baum waren noch an und, na ja, du weißt schon. Es schien passend, weil ich gerade nach Hause kam. Jedenfalls habe ich aus einer Laune heraus beschlossen, mir am Brunnen etwas zu wünschen, weil ich das seit Jahren nicht mehr getan habe. Daran ist nicht viel dran, außer dass, als ich den Penny hineinwarf, ein kleiner goldener Streifen an die Oberfläche kam. Erinnerst du dich, dass der Brunnen das jemals getan hat, wenn du dir etwas gewünscht hast?«

Moira schüttelte langsam den Kopf. Sie hatte mit dem Sortieren der Armbänder innegehalten, ihre Hände ruhten auf dem Rand der Vitrine, die gleichzeitig als Kassentheke diente. »Nein. Daran kann ich mich überhaupt nicht erinnern. Ich habe den Brunnen irgendwie gemieden, seit vor zwei Sommern der alte Albert Pearson an meinem ersten Tag in der Stadt tot darin aufgefunden wurde. Daran erinnerst du dich doch, oder?«

»Wie könnte ich das vergessen? Es war das geriatrische Liebesdreieck, und er hatte einen Unfall.«

Moira seufzte und verdrehte die Augen. »Es war schrecklich, dass er gestorben ist, aber um Himmels willen, was für eine lächerliche Situation. Wie auch immer, ich kann mich nicht erinnern, wann ich mir das letzte Mal an diesem Brunnen etwas gewünscht habe. Was beunruhigt dich denn so daran?«

»Gerade eben, nachdem ich Beatrice gesehen hatte, bin ich über den Dorfplatz gelaufen und habe eine Frau gehört, die ganz aufgeregt war, weil sie sich gerade gewünscht hatte, dass ihr Freund ihr einen Heiratsantrag macht. Sie sind jetzt verlobt, falls es dich interessiert«, sagte ich und schüttelte verwundert den Kopf. »Ich bin stehen geblieben, um sie danach zu fragen. Eine kleine Familie kam dazu und das kleine Mädchen hat sich etwas gewünscht. Daran ist nichts Ungewöhnliches. Die Leute wünschen sich dort ständig etwas. Ihr Wunsch war, dass ihr Vater mit ihr in den Laden für Ahornsirup-Süßigkeiten geht. Noch bevor sie ein Wort sagen konnte, schlug er genau das als Nächstes vor. Ich weiß ehrlich gesagt nicht, was ich davon halten soll. Dieser Brunnen soll eigentlich nur bei Hexen und Hexenmeistern wirken. Das Paar war noch nie zuvor in Charm Cove. Sie sind auf dem Weg zu einer Hochzeit in Bar Harbor und haben heute hier nur für ein Mittagessen angehalten.«

Moira war einen Moment lang still, während sie mich nachdenklich ansah. »Das kommt mir alles etwas faul vor.«

»Oh!«, warf ich ein. »Als das kleine Mädchen den Penny hineinwarf, stieg ein kleiner elektrischer Schimmer aus dem Wasser auf. Genau das habe ich gestern Abend auch gesehen. Ich weiß, dass ich heute nicht die Einzige war, die es gesehen hat, denn die Mutter hat mich direkt danach angesehen.«

»Ich schätze, wir müssen uns mal umhören, ob so etwas schon einmal bei dem Brunnen passiert ist. Er ist schon magisch, seit er noch ein Pferdetrog war. Am besten fragst du deine Mutter. Sie kennt sich mit der Geschichte aus.«

»Natürlich. Ich werde heute Abend auf jeden Fall mit ihr reden. Das erinnert mich aber an etwas. Ich bin vom Thema abgekommen. Ich muss deine Mutter sprechen.«

Moira sortierte weiter die Armbänder. »Wozu denn?«

»Da Daniel vermutet, dass ich irgendein Missgeschick mit elektrischer Energie hatte, dachte ich mir, sie könnte genauso gut ein wenig Zeit mit mir verbringen, damit sie beweisen kann, dass ich deswegen keine Geheimnisse habe.«

Moira lachte. »Die meisten Leute machen sich Sorgen, dass meine Mutter ihre Geheimnisse erfährt, und du bist bereit, sie zu teilen.«

»Hey, wenn es meinen Namen reinwäscht, ist mir das völlig recht. Wenn es ein Unfall war, wusste ich nicht einmal davon. Unterdessen sagt Beatrice, sie habe letzte Nacht einen anderen Mann und eine Gruppe von Jugendlichen auf dem Dorfplatz gesehen. Wir müssen herausfinden, wer das war. Da bei dir so viele Kunden ein- und ausgehen, dachte ich, ich bitte dich, die Ohren offenzuhalten.«

»Absolut. Brauchst du sonst noch etwas?«

»Nur die Telefonnummer deiner Mutter. Vielleicht kann ich sie vor dem Abendessen morgen aufspüren. Warum kommst du nicht einfach vorbei? Es ist bei meinen Eltern. Du bist natürlich willkommen.«

»Morgen Abend bei deinen Eltern?«

Als ich nickte, fügte sie hinzu: »Natürlich kommen wir. Es würde mich nicht wundern, wenn deine Mutter Liam sowieso schon eingeladen hat. Wie lange wirst du dort bleiben?«

»Ich weiß nicht. Ich nehme an, bis ich herausfinde, wo ich sonst unterkommen kann.«

Moira grinste. »Ich würde dir ja das alte Häuschen des Hausmeisters auf dem Grundstück meiner Eltern anbieten, in dem Liam vor ein paar Sommern gewohnt hat, aber Cam wohnt immer noch dort. Bei all dem Besitz deiner Eltern haben sie doch sicher irgendwo etwas für dich frei?«

»Schön wär's. Ich habe ein Stück Land, aber nichts darauf. Ich werde schon eine Lösung finden.«

»Nun, im Herbst kannst du ins Kutscherhaus ziehen. Liam und ich wollen diesen Frühling mit dem Bau unseres neuen Hauses anfangen. Wir hoffen, dass es bis zum nächsten Herbst fertig ist.«

»Vielleicht komme ich darauf zurück. In der Zwischenzeit sehen wir uns auf jeden Fall morgen Abend. Bitte sag deiner Mutter, dass ich hoffe, sie zu erreichen.«

Moira nickte. »Natürlich. Wenn du sie nicht vorher erreichst, wird sie dich auf jeden Fall anrufen.« Sie hob die kleine Schachtel mit den nun sortierten Armbändern hoch und ging um die Theke herum zu einer Schmuckauslage an der Rückwand.

Ich folgte ihr, blieb vor den Tränkeregalen stehen und überflog die Auswahl. »Habt ihr auch etwas anderes als Liebestränke?«, rief ich über die Schulter.

Moiras Lachen drang zu mir herüber. »Wir haben hinten einen Vorrat an anderen Tränken nur für Hexen und Hexenmeister, wenn du einen Blick darauf werfen willst.«

Während sie die Schmuckauslage fertig bestückte, ging ich nach hinten und fand einen Trank namens *Weniger Stress ist besser*. Der Name war vielleicht albern, aber der Trank wirkte.

Nachdem ich nach vorne zurückgekehrt war, weigerte sich Moira, mich bezahlen zu lassen, und winkte ab. Ich eilte die Charming Way hinunter, um entlang der Good Lane zur Wicked Way auf der anderen Seite des Dorfplatzes abzukürzen. Mein Blick fiel auf das Schild von Beauty Bewitched, dessen gelbe Buchstaben an diesem grauen Wintertag wie ein leuchtendes Signal schienen, als die Wolken sich zusammenzogen und die Sonne verdeckten.

Als ich eintrat, sah ich mich nach meiner Tante Opal um. Dieser Laden wurde hauptsächlich von der Familie Good geführt, während Persnickety Potions & Gifts hauptsächlich von der Familie Wicked betrieben wurde. Beide Familien teilten sich das Eigentum an den beiden Geschäften.

Manchmal war es eine schwere Bürde, eine gute Hexe zu sein. Ich war ziemlich mächtig, hatte aber nie das Gefühl, mein Potenzial ausschöpfen zu können. Die Jüngste meiner Geschwister zu sein und zwei sehr mächtige Eltern zu haben, konnte anstrengend sein. Wenn man dann noch einen Bruder hat, der der schicksalhaft Auserwählte der Guten ist, war das nur ein weiterer Faktor, der zu den Legenden beitrug, die in der Hexenwelt über meine Familie kursierten. Liam passte so gut dazu. Das Einzige, was er jemals vermasselt hatte, war, als er und Moira sich für ein paar Jahre trennten.

Natürlich war er zur Besinnung gekommen, genau wie Moira. Sie hatten die Sache wieder in Ordnung gebracht und die schicksalhafte Ehe geschlossen. Sie waren sogar wirklich und wahrhaftig unsterblich ineinander verliebt.

Währenddessen war ich anscheinend die Hauptverdächtige, einen legendären Balsambaum in Brand gesetzt zu haben. Typisch mein Glück.

Ich stieß die Tür zum Laden auf und hielt inne, um mich umzuse-hen. Beauty Bewitched hatte einen anderen Schwerpunkt als Persni-ckety Potions & Gifts. Hauptsächlich wurden Schönheitsprodukte angeboten, und wir hatten magische Artikel, die wirklich funktionier-ten. Infolgedessen betrieben wir ein reges Online-Geschäft mit vielen limitierten Produkten. Die Sache mit der Magie war, dass sie nur in kleinen Mengen dosiert werden konnte. Sie war sicherlich nicht für unsere moderne kapitalistische Gesellschaft geschaffen worden.

Obwohl ich nicht im Laden arbeitete, hatte ich im Laufe der Jahre oft beim Verzaubern der verschiedenen Cremes, Shampoos, Gesichtsmasken und dergleichen geholfen. Wir verkauften auch Geschenkartikel, aber es war eine andere Auswahl als die, die Moira führte.

Der Laden war still, als ich eintrat, also nutzte ich den Moment, um eine Runde zu drehen. Auslagen waren strategisch im Raum platziert, mit eigenen Bereichen für jede Produktart.

Als ich zur Haupttheke kam, kam Opal Good, eine meiner vielen Tanten, gerade durch eine Schwingtür aus dem hinteren Bereich.

»Na, hallo, Juliette«, sagte Opal, und ihr kantiges Gesicht wurde durch ein Lächeln weicher. Ihr überwiegend schwarzes Haar, das nur leicht von Silber durchzogen war, war zu einem strengen Knoten zurückgebunden, und sie trug eine silberne Brille auf der Nase.

Sie trug ein einzelnes silbernes Armband mit passenden baumelnden Silberohrringen. Gekleidet war sie in ihre übliche weiße Bluse mit schwarzer Hose, was quasi ihre Uniform war.

Sie stellte die Kiste in ihren Armen auf der Verkaufstheke ab und kam um die Theke herum auf mich zu, um mich in eine nach Lavendel duftende Umarmung zu ziehen.

Opal trat zurück, ihr normalerweise durchdringender Blick erwärmte sich durch ihr Lächeln. »Es ist *so* schön, dich zu sehen, meine Liebe. Deine Mutter hat mir erzählt, dass du heil und gesund zu Hause angekommen bist. Wir sind alle ganz aus dem Häuschen, dass du endlich für immer zu Hause bist. Ich hoffe, du bist froh, hier zu sein.«

»Aber natürlich! Mama sagt, du hast mit dem Laden so viel zu tun wie immer. Du weißt, dass du Bescheid sagen kannst, wenn du jemals Hilfe mit der Magie für irgendwelche Produkte brauchst.«

»Das weiß ich zu schätzen, meine Liebe. Ich hoffe, es stört dich nicht, wenn ich arbeite, während wir uns unterhalten«, sagte sie, als sie wieder um die Theke ging, um den Karton zu öffnen. Sie nickte in Richtung des kleinen Hockers auf der gegenüberliegenden Seite der Theke. »Setz dich doch. Da es Winter ist, ist es normalerweise bis zum Nachmittag ruhig. Also, erzähl mal, was führt dich her?« Sie begann, kleine Fläschchen mit Lotion herauszuholen und sie in den Computer einzuscannen.

»Inventur?«, fragte ich. Als sie nickte, beantwortete ich ihre Frage.

»Ich wollte vorbeikommen und Hallo sagen, aber ich bin mir sicher, du hast schon von dem Baum gehört.«

»Natürlich habe ich das, meine Liebe. Wenn ich nichts davon gehört habe, dann habe ich den armen Baum heute Morgen zumindest gesehen«, sagte sie und schnalzte mit der Zunge. »Was in aller Welt ist da passiert?«

»Bitte sag mir, dass du nicht gehört hast, dass ich etwas damit zu tun hatte«, sagte ich und legte meine Handtasche auf die Theke, während ich meinen Schal und meine Jacke lockerte.

Opal schürzte die Lippen und zuckte mit den Schultern. »Du warst eine der beiden einzigen Zeuginnen. Da musst du damit rechnen, dass die Leute spekulieren. Laut Beatrice waren noch ein anderer Mann auf der Grünfläche und ein paar Kinder, aber sie weiß nicht, wer das war.«

»Oh, also hast du von Beatrice wahrscheinlich dasselbe gehört wie ich«, sagte ich mit einem Seufzer.

»Ganz gewiss. Mach dir keine Sorgen, meine Liebe. Gerüchte verlaufen sich immer im Sand. Das ist eine der Konstanten im Leben, die sich seit Anbeginn der Zeit bewahrheitet hat.«

»Es gab keinen Unfall mit meinen Kräften. Na ja, eigentlich wüsste ich gar nicht, ob es einen Unfall gab. Um das klarzustellen, ich habe keinen Zauber gewirkt. Ich habe mir nur etwas am Brunnen gewünscht. Ich dachte, ich schaue mal vorbei, weil du hier im Laden ja die beste Anlaufstelle bist, um Klatsch aufzuschnappen. Es würde mir helfen, wenn du mich wissen lässt, falls du etwas darüber hörst, wer letzte Nacht noch auf der Grünfläche war.«

»Das brauchst du gar nicht zu fragen, aber spulen wir mal zurück. Was meinst du damit, du hast dir etwas gewünscht?«

»Ich habe mir am Brunnen etwas gewünscht. Da war heute etwas seltsam.« Ich erzählte ihr von den goldenen Flackern im Brunnen, als ich den Penny hineingeworfen hatte, und von den beiden Wünschen, die ich heute früher beobachtet hatte.

Opal scannte die letzte Flasche Lotion in ihr Inventar ein und legte alles zurück in den Karton. Ihr Blick war nachdenklich, als sie zu mir hinübersah. »Ich weiß wirklich nicht, was ich davon halten soll. Das ergibt absolut keinen Sinn. Wohlgemerkt, es ist Jahrzehnte her, dass ich mir an diesem Brunnen etwas gewünscht habe, wahrscheinlich seit ich ein Teenager war, um ehrlich zu sein«, bot sie mit einem schiefen Grinsen an. »Selbst damals glaube ich, ich würde mich daran erinnern, wenn eine goldene Strähne im Wasser aufgetaucht wäre, als ich es tat.«

»Es macht mir Sorgen. Ich habe mich nicht daran erinnert, und es ist auch schon eine Weile her, dass ich mir dort etwas gewünscht habe. Obwohl meine Kräfte nicht so weit reichen, dass ich spüren kann, ob Menschen Magie besitzen, bin ich mir zu 99,9 Prozent sicher, dass keiner dieser beiden Leute eine Hexe oder ein Hexenmeister war. Ihr Wunsch hätte gar nicht in Erfüllung gehen dürfen.«

Opal verdrehte die Augen, als sie den Karton hochhob und wieder um die Theke herumging. Ich rutschte vom Hocker und folgte ihr zu einem Regal an der Wand. Ohne dass sie fragen musste, folgte ich ihrem Beispiel und half ihr dabei, die Lotionen in Reihen auf dem Regal anzuordnen.

»Das ist alles so seltsam. Denn obwohl die Legende besagt, dass Hexen Wünsche erfüllt bekommen können, ist das, soweit ich weiß, nicht durchgängig so. Ich meine, erinnerst du dich an das letzte Mal, als dir ein Kinderwunsch auf diese Weise sofort erfüllt wurde?«

Eine von Opals Augenbrauen hob sich elegant, als sie zu mir blickte.

»Ich nehme das mal als Nein«, sagte ich. »Also, was glaubst du, bedeutet das?«

»Ich glaube, es bedeutet, dass du mit deiner Mutter darüber reden musst«, sagte sie unverblümt.

»Moira hat dasselbe vorgeschlagen, was ich ohnehin vorhatte. Ich plane auch, Camille die Erlaubnis zu geben, all meine Geheimnisse über die Ereignisse der letzten Nacht zu erspüren. Auf diese Weise können wir ausschließen, dass ich irgendetwas absichtlich getan habe.«

Opal lachte leise. »Das wird schon gut gehen. Mein Gott, Daniel Levesque neigt dazu, sich über alles Sorgen zu machen, aber selbst wenn etwas mit dem Strom schiefgelaufen ist, war es keine Absicht. Wie ich schon sagte, die Gerüchte werden sich legen. Außerdem ist es nur ein Baum.«

»Aber der Baum stand dort seit Hunderten von Jahren«, sagte ich, hob meine Hände und ließ sie wieder fallen.

Opal kicherte erneut, als sie die letzte Flasche Lotion auf das Regal stellte. »Das *wird* sich legen. Vertrau mir, zwischen Liam und ein paar anderen werden wir den Baum im Handumdrehen wieder in seinem alten Glanz erstrahlen lassen.«

Genau in diesem Moment kamen ein paar Kunden zur Tür herein. Opal sah mich lächelnd und zwinkernd an. »Wir sehen uns später.«

KAPITEL SIEBEN

»Beatrice? Was?«, rief ich aus.

»Genau das, was ich gesagt habe. Daniel will nicht sagen, wer, aber jemand hat ihm gesteckt, er solle sich Beatrice genauer ansehen. Ich habe ihm gesagt, dass er spinnt«, sagte Moira.

Völlig verblüfft beugte ich mich vor, schnappte mir mein Weinglas und nahm einen großen Schluck. Währenddessen kaute Camille gelassen auf dem Bissen Essen herum, den sie gerade zu sich genommen hatte, während sie dem Geplapper meiner Mutter über eine Familie lauschte, über die sie für eine Bibliothek in Frankreich recherchierte. Meine Mutter freute sich über jede Gelegenheit, über Geschichte und die Genealogie von Hexen zu sprechen. Sie war eine Spezialistin, deren Kräfte ihr halfen, in die Vergangenheit zu blicken.

Sie war nicht nur die ansässige Genealogie-Spezialistin von Charm Cove, sondern wahrscheinlich auch die renommierteste der Welt für ihr spezielles Fachgebiet. Obwohl nur wenige Menschen außerhalb der Welt der Hexen- und Hexenmeisterfamilien von ihr wussten, kannte sie jeder, der eine Hexe oder ein Hexenmeister war. Sie erhielt oft Anfragen aus den entlegensten Winkeln der Welt, bestimmte Familien zu untersuchen. All diese Anfragen kamen per Schneckenpost. Da wir Hexen und Hexenmeister waren, kommunizierten wir über tatsächliche übernatürliche Kräfte natürlich auf keine erdenkliche Weise online.

Die Pläne für das Abendessen hatten sich von meinen Eltern zu Gabriel und Camille Wicked von der berühmten Familie Wicked verlagert, der einzigen Familie in der Gegend, die es in Macht und Einfluss mit der Familie Good aufnehmen konnte. Praktischerweise schafften wir es, dank jenes alten Zaubers, der Liam und Moira zur Ehe bestimmte, Frieden miteinander zu halten. Die Familien Wicked und Good waren riesig und über den ganzen Globus verstreut. Zwei der ältesten Zweige residierten jedoch zufällig genau hier in Charm Cove.

Außer Moira, Liam und mir waren auch zwei von Moiras Brüdern, Gabriel und Cam, sowie unsere jeweiligen Eltern dabei.

»Moira«, murmelte ich, »ich bin sicher, du hast Zoe schon gefragt, ob sie davon weiß.«

»Natürlich. Zoe sagt, Daniel verrät nicht, was er denkt. Ich finde es einen ausgemachten Blödsinn, dass überhaupt jemand angedeutet hat, Beatrice würde den Baum anzünden, nur weil sie zufällig den Notruf gewählt hat«, sagte sie bestimmt.

Camille blickte über den Tisch. »Was ist Blödsinn?«, fragte sie.

Camille schaffte es, selbst beim Fluchen elegant und würdevoll zu wirken. Moira teilte die geformten Züge ihrer Mutter, eine gerade Nase und einen leicht quadratischen Kiefer. Camilles einst fast schwarzes Haar war zu einem überwiegend silbernen Ton mit eingestreuten Pfeffersprenkeln erweicht. Heute Abend hatte sie es zu einem lockeren Knoten auf dem Kopf hochgesteckt. Als sie nach ihrem Wein griff, klirrten ihre silbernen Armbänder aneinander.

»Ich hatte noch nicht einmal die Gelegenheit, dir zu erzählen, dass Zoe mir gesagt hat, jemand hätte Daniel geraten, sich Beatrice genauer anzusehen«, erklärte Moira.

»Wegen des verbrannten Baumes?«, warf meine Mutter ein, als sie ihre Gabel ablegte und eine Stoffserviette hob, um sich zart die Mundwinkel abzutupfen.

»Genau deswegen«, erwiderte Moira mit einem Augenrollen. »Wenn du mich fragst, ist derjenige, der ihm diese heiße Kartoffel zugeschoben hat, jemand, der mit den Jugendlichen zu tun hat, die in jener Nacht auf dem Dorfanger herumlungerten, oder dieser unbekannte Mann. Beatrice würde diesen Baum niemals absichtlich in Brand setzen.«

»Das würde Sinn ergeben. Ich meine, sie ist die Einzige, die sie in jener Nacht gesehen hat, auch wenn sie nicht identifizieren kann, wer sie waren«, fügte ich hinzu.

Meine Mutter verdrehte die Augen, und zwar heftig. »Nur eine Hinhaltetaktik. Wir müssen herausfinden, wer auf dem Dorfanger war.«

»Es würde auch helfen, irgendein Motiv zu klären. Welchen Grund hätte überhaupt jemand, diesen Baum anzuzünden?«, überlegte Gabriel laut.

Cam meldete sich zu Wort. »Meine Vermutung? Es waren diese Jugendlichen. Wer auch immer zum Teufel sie waren. Weil Jugendliche eben dumme Sachen machen. Sie brauchen keinen Grund.«

Gabriel kicherte. Moiras Vater zuckte unterdessen nur mit den Schultern, seine scharfen grünen Augen verrieten nichts von seinen Gedanken, obwohl seine Lippen leicht zuckten. Gabriel Sr. und mein Vater erinnerten beide an vergangene Zeiten. Obwohl sie nur durch Heirat miteinander verwandt waren, hatten beide stahlgraues Haar, eine schlanke Statur und trugen fast immer Hosen mit einem Sakko. Gabriel Sr. hatte scharfe grüne Augen im Gegensatz zu den blauen meines Vaters und lächelte eher.

Bestes Beispiel: Mein Vater verzog nicht einmal eine Miene und nahm lediglich einen Schluck von seinem Wein. So still er auch war, zweifelte ich nicht daran, dass er jedes Detail in seinem Gehirn ablegte, um in seinem eigenen Tempo darüber nachzugrübeln.

»Nun, Camille hat mich ja entlastet«, bot ich mit einem Lächeln an.

Camille zwinkerte mir zu. »Das habe ich in der Tat. Du hast ganz sicher keine Geheimnisse darüber, was in jener Nacht passiert ist. Genau wie ich dir gesagt habe, werde ich Daniel selbst anrufen. Er wird sich auf mein Wort verlassen.«

»Gibt es überhaupt irgendwelche Gerüchte, wer in jener Nacht sonst noch in der Innenstadt unterwegs gewesen sein könnte?«, fragte ich allgemein in die Runde.

»Oh, es gibt immer jede Menge Gerüchte, aber nichts Nachprüfbares. Die meisten Leute tratschen darüber, dass Donovan Wick wieder in die Stadt gezogen ist. Er kam gestern Nachmittag vorbei, um ein paar Tränke zu bestellen«, bot Moira an.

»Hat er das? Wofür denn?«, fragte ich.

»Ich nehme an, seine Mutter hat ihn gebeten, die Bestellung aufzugeben. Er sagte mir, was sie wollte, und ich erklärte mich bereit, es ihr per Post zu schicken. Ich schätze, sie wusste nicht, dass wir eine Online-Option für die Bestellung spezieller Tränke für Hexen und Hexenmeister haben«, erklärte Moira.

»Ich für meinen Teil bin froh, dass Donovan wieder in der Stadt ist«, meldete sich meine Mutter zu Wort. »Es ist immer ein Verlust für Charm Cove, wenn Familien wegziehen.«

»Weißt du, warum sie weggezogen sind?«, fragte ich und machte mir nicht einmal die Mühe, meine Neugier zu verbergen.

»Nun ja, ihre Familie war eine alte Bauernfamilie, hatte aber über die Jahre einiges an Land verkauft. Sein Vater hat dann ein Schnäppchen mit einem Obstgarten im Norden des Staates New York gemacht, der zwangsversteigert wurde, und sie sind umgezogen«, antwortete sie.

»Oh«, erwiderte ich und machte eine Pause, um den letzten Bissen meines Schellfischs in Zitronenbutter zu essen.

Da ich in Charm Cove aufgewachsen bin, gab es immer irgendwelche Geschichten über Familien, die kamen und gingen. Diese hier war jedoch ziemlich unspektakulär.

»Ich kann mich nicht an vieles erinnern, was die Kräfte der Familie Wick angeht«, bemerkte ich und sah zu meiner Mutter, denn das war definitiv ihr Fachgebiet.

Sie aß den letzten Bissen auf ihrem Teller und legte ihre Gabel ab. »Die Familie Wick ist eigentlich ziemlich mächtig«, warf sie ein. »Wie du dir sicher schon gedacht hast, falls du es nicht schon wusstest, sind die Wicks ein Ableger der Familie Wicked. Vor über dreihundert Jahren hat ein Zweig der Familie seinen Namen in Frankreich geändert und all deren Nachkommen trugen diesen Namen weiter.«

»Oh, ich glaube, das wusste ich nicht«, kommentierte Moira. »Ich sehe sie nicht einmal wirklich als Verwandte an.«

Camille klinkte sich ein: »Sie sind kaum Verwandte. Diese Verbindung war schon damals sehr weitläufig. Die Nachnamen Wicked und

Good sind unter Hexen und Hexenmeistern das Äquivalent zum amerikanischen Nachnamen Smith. Nur weil man den Namen teilt, bedeutet das noch lange nicht, dass es noch eine große Verbindung gibt«, erklärte sie mit einem kleinen Achselzucken.

Cam beugte sich vor, um nach der Weinkaraffe in der Mitte des Tisches zu greifen. Nachdem er sein Glas halb gefüllt hatte, sah er in die Runde, während er die Karaffe hochhielt. »Noch jemand?« Als niemand sein Angebot annahm, stellte er sie wieder ab und kommentierte: »Ich meine, sind nicht ehrlich gesagt alle Hexen und Hexenmeister auf die eine oder andere Weise miteinander verbunden?«

»Oh, aber natürlich«, antwortete meine Mutter. »Genauso wie alle Menschen auf die eine oder andere Weise miteinander verwandt sind. Wie dem auch sei, zurück zu den Wicks. Sie haben sich nie in Salem niedergelassen und kamen erst nach Charm Cove, als die Stadt schon fest etabliert war. Nachdem Donovans Eltern weggezogen waren, blieben seine Großeltern hier, die meiste Zeit im Ruhestand. Sein Großvater war ein Hexenmeister und sehr mächtig. Er konnte Gegenstände reisen lassen. Diese Kraft durchzieht die ganze Familie.«

Ich trank den letzten Schluck Wein in meinem Glas aus und dachte über Donovans Bemerkung zu seinen Kräften nach. »Donovan hat erwähnt, dass das eine seiner Kräfte ist«, warf ich ein.

»Oh, du hast mit ihm gesprochen, seit du gesehen hast, wie der Baum Feuer fing?«, fragte meine Mutter, und ein leichtes Lächeln kräuselte ihre Lippenwinkel.

Moira rettete mich vor weiteren Spekulationen, indem sie einwarf: »Er war gestern Morgen zufällig im Café, als wir uns über den Weg gelaufen sind.«

Liam kommentierte: »Donovan hat auf dem alten Anwesen seiner Familie eine Menge Arbeit vor sich. Wie lange steht es schon leer?«

Gabriel Sr. antwortete: »Mehrere Jahre. Seine Großeltern sind zu Donovans Eltern nach New York gezogen, nachdem sein Großvater einen Schlaganfall hatte. Das Haus stand die ganze Zeit leer. Sie hatten jemanden, der nach dem Rechten sah, aber es ist ein altes Haus.«

»Donovan erwähnte, dass er bereits einen Bauunternehmer beauftragt hat, es sich anzusehen und ihm zu helfen, es wieder in Schuss zu bringen«, sagte ich. »Bevor wir zu sehr vom Thema abkommen: Habt ihr Vorschläge, wie wir herausfinden können, wer sonst noch in dieser Nacht auf dem Anger war? Sicherlich war noch jemand anderes lange wach, genau wie Beatrice.«

»Ich werde Isobel Martin fragen«, bot Moira an.

»Woher sollte sie das wissen?«, fragte ich.

Camille legte den Kopf schief und lächelte leicht. »Also, Isobel ist eine zuverlässige Klatschtante. Wenn es also etwas herauszufinden gibt, hat sie für gewöhnlich schon davon gehört. Außerdem wohnt ihre Mutter in der Nähe des alten Familienanwesens. Sie ist auch mit Morris vom *Ink Spot* zusammen, also weiß sie immer bestens darüber Bescheid, was in der Stadt so vor sich geht.«

»Mit wem vom *Ink Spot*?«, fragte ich.

»Morris Bishop. Seine Frau ist vor über zwei Jahren gestorben und Isobels Mann letztes Jahr, sie sind also beide verwitwet. Sie wohnen über Hardware Charm. Wenn du dich erinnerst, Morris führt den Laden schon seit Jahren und die Familie seines Bruders leitet den *Ink Spot*. Die Gesellschaft tut beiden gut«, warf meine Mutter ein.

»Apropos, morgen kommt die wöchentliche Zusammenfassung vom *Ink Spot*, also haben sie sicher einen Artikel über den brennenden Baum«, kommentierte Cam und bezog sich dabei auf Charm Coves einzige Lokalzeitung.

KAPITEL 8

Die Einwohner von Charm Cove erwachten zu einem erschreckenden und traurigen Anblick. Die geliebte Balsamtanne mitten auf dem Dorfplatz, ein Baum, der vor über 300 Jahren gepflanzt wurde, wurde gestern Morgen bei Sonnenaufgang völlig verkohlt aufgefunden.

Laut Polizeichef Daniel Levesque aus Charm Cove hatte ein Anwohner, dessen Haus an den Dorfplatz grenzt, am späten Vorabend den Notruf gewählt, als er den Baum in Flammen sah.

Sonst ist nichts verbrannt, und die Brandursache bleibt ein Rätsel.

Nach Angaben der Polizei wurden zwei Zeugen befragt. Juliette Good war auf dem Heimweg aus Boston, und Donovan Wick war ebenfalls vor Ort, nachdem er angehalten hatte, weil sein Auto auf einer Eisfläche leicht ins Rutschen geraten und gegen einen Bordstein gestoßen war. Er war besorgt, dass seine Felge eine Delle abbekommen hatte.

Laut Beatrice Powers, der Anwohnerin, die das Feuer bemerkte, habe sie auch eine weitere Gestalt auf der anderen Seite des Dorfplatzes gehen sehen, sowie eine Gruppe von Leuten, bei denen es sich vermutlich um Teenager handelte. Die Polizei bittet jeden, der Informationen über andere Anwesende auf dem Dorfplatz hat, sowie diese

Personen selbst, sich zu melden und alle sachdienlichen Hinweise zu geben.

In der Zwischenzeit hat die Polizei keinen Grund zu der Annahme, dass Frau Good oder Herr Wick etwas mit dem Feuer zu tun hatten.

In anderen lokalen Nachrichten hält der Streit um den Winterdienst und den lukrativen Vertrag für die Stadt an. Dass Herr Wick auf einer glatten Stelle ins Rutschen geriet, ist ein ausgezeichnetes Beispiel für die zahlreichen Beschwerden, die täglich bei der Stadtverwaltung eingehen.

Für neuere Einwohner: Die Familie Good, genauer gesagt Juliette Goods Vater, war im Rahmen seines größeren Unternehmens für den Winterdienst zuständig. Ein kleiner Zweig seines Unternehmens befasst sich mit schwerem Gerät und der Instandhaltung für verschiedene Städte. In unserer Gegend ist dies im Winter ein einträgliches Geschäft. Nachdem ein anderer lokaler Unternehmer sich über Vetternwirtschaft beschwert hatte, beschloss der Stadtrat von Charm Cove, in diesem Jahr zwei Verträge zu vergeben.

John Corey ist für den Winterdienst der einen Stadthälfte zuständig, während das Familienunternehmen der Goods die andere Hälfte übernimmt.

Laut der Empfangsdame im Rathaus gehen Beschwerden über Herrn Coreys Dienstleistung ein. Es besteht der Verdacht, dass er versucht, Geld zu sparen, indem er beim Streuen von Sand und Salz knausert und bei Schneestürmen zu lange mit dem Pflügen wartet.

Donovan Wick ist zufällig auf einer vereisten Stelle in genau dem Teil der Stadt ins Rutschen geraten, für den Herr Corey zuständig ist. Nach Meinung der Redaktion des Ink Spot gibt es einen deutlichen Unterschied zu dem Service, den die Stadtbewohner beim Winterdienst gewohnt sind.

Bislang hat der Stadtrat noch nicht beschlossen, die Verträge für diesen Winter zu überdenken. Die Einwohner der Stadt fordern sie auf, dies so schnell wie möglich zu tun.

Ich biss in meinen Scone und hob den Blick über den Kaffeetisch zu meinem Bruder Liam. »Wow. Wer hätte gedacht, dass der Winterdienst so ein Streitthema sein kann?«

Ich schlug die Zeitung zu, faltete sie ordentlich zusammen und schob sie an den Rand des Tisches. Liam und ich hatten uns nicht zum Kaffee verabredet, aber er war nach einem Meeting im Magic Beans vorbeigekommen, und ich war zufällig auch hier. Seine blauen Augen funkelten, als er mit den Schultern zuckte. »Der Winterdienst ist ein heißes Eisen. Für die Leute ist das wichtig.«

»Was hält Dad von all dem?«, fragte ich.

»Er meint, die Leute haben recht, dass John Corey knausert, um Geld zu sparen. Wir beschweren uns nicht und halten uns da raus. Der Stadtrat muss hier seine eigene Entscheidung treffen. Laut Dad beschwert sich John schon seit über einem Jahrzehnt über Vetternwirtschaft bei diesem Vertrag. Er sieht den Vertrag als eine Möglichkeit, Geld zu verdienen.«

»Nun, ist er das nicht?«, konterte ich.

»Natürlich ist er das. Aber man muss gute Arbeit leisten und sich um die Straßen kümmern. Er versucht, seine Gewinnspanne aufzubessern«, erwiderte Liam.

»Gehst du nächste Woche zur Bürgerversammlung?«

Liam schüttelte den Kopf. »Ich bin mir nicht sicher, aber ich bezweifle es. Da ich für unser Familienunternehmen arbeite, könnte es die Wogen hochschlagen lassen, wenn ich dort bin. Auch wenn ich diesen Teil der Firma nicht leite, es ist, wie es ist. Ich überlege es mir noch, aber ich bin sicher, Moira wird da sein. Sie hatte vor ein paar Wochen einen Beinahe-Auffahrunfall, also hat sie dazu eine Meinung.«

»Also, ich gehe hin«, bot ich an. »Mir wäre heute Morgen auf dem Weg in die Stadt fast einer hinten draufgefahren. Es ist definitiv nicht mehr dasselbe. Ich habe noch nie auch nur über den Zustand der Straßen nachgedacht. Ich weiß, Dad macht den Winterdienst nicht selbst, aber die Mannschaft, die er leitet, macht einen tollen Job, und es ist mir nicht einmal aufgefallen. Jetzt fällt es mir auf.«

Liam lachte. »Wir sind hier in *Maine*. Im Winter wird es immer mal Probleme mit den Straßen geben.«

»Natürlich, aber ich finde, sie könnten es besser machen. Das ist alles.«

Liam machte eine Pause, um an seinem Kaffee zu nippen. Er stellte ihn ab und sah mich an. »Mom ist überglücklich, dich zu Hause zu haben.«

»Es ist schön, hier zu sein.«

»Ich bin auch erleichtert, dass Mom sich jetzt darauf konzentrieren kann, wen du heiraten wirst«, meinte er mit einem schiefen Grinsen.

Ich lachte. »Sie hat kein Wort darüber verloren. So oder so wird bei mir nicht so viel Druck gemacht werden wie bei dir. Mein Schicksal ist es nicht, jemanden Bestimmten zu heiraten, und meine Ehe hat keine Auswirkungen auf den Rest der Hexenwelt.«

Liam grinste kurz auf, bevor er seinen Kaffee austrank. »Stimmt. Wie auch immer, ich muss zurück ins Büro. Lass dich mal wieder blicken«, sagte er, als er vom Tisch aufstand.

Ich stand ebenfalls auf, schlüpfte in meine Jacke und wickelte mir meinen Schal um den Hals. »Von wegen. Ich habe dich fast jeden zweiten Tag gesehen. Wann lasse ich mich denn nicht blicken, wenn ich in der Gegend bin?«, fragte ich, als wir aus dem Café traten.

Liam kicherte. »Niemals. Ist nur so eine Redensart.«

Nachdem ich ihm auf dem Gehweg zum Abschied gewinkt hatte, drehte ich mich um und ging die Straße hinunter in Richtung Hardware Charm. Laut meiner Mutter half Isobel Martins Mutter dort jetzt gelegentlich an der Theke aus. Ich hoffte, ein paar geschickt platzierte Fragen stellen zu können.

Es gab vieles, worüber man sich in einer Kleinstadt beschweren konnte, vor allem, dass jeder seine Nase in die Angelegenheiten der anderen steckte. Der Vorteil daran war aber, dass jeder seine Nase in die Angelegenheiten der anderen steckte und es völlig in Ordnung war und sogar erwartet wurde.

Die Luft roch, als ob Schnee im Anzug wäre. Als ich zum Himmel aufblickte, war er schiefergrau, soweit das Auge reichte. Ich hielt an der Ecke vom Wicked Way und der Good Lane inne und schaute zum Ozean. Die Horizontlinie verschwamm mit dem Wasser, und der Ozean ging in den Himmel über – nichts als Grautöne.

Ich drehte mich um und ging weiter, bis ich bei Hardware Charm ankam. Wie viele Geschäfte in der Innenstadt von Charm Cove war es in einem alten Kolonialhaus untergebracht. Ich wusste, dass im Obergeschoss Isobel Martin wohnte, zusammen mit ihrer älteren Mutter und dem Freund ihrer Mutter, dem Hexenmeister, der Hardware Charm führte.

Ich lächelte in mich hinein, als die Glocke über meinem Kopf bimmelte, nachdem ich die Tür aufgestoßen hatte. Der alte Eisenwarenladen hatte sich kaum verändert, seit ich ein kleines Mädchen war. Ehrlich gesagt vermutete ich, dass er sich in den letzten paar Jahrhunderten nicht wesentlich verändert hatte. Oh, sie hatten sicherlich ihr Sortiment modernisiert, obwohl ich nicht glaube, dass sich Nägel und Schrauben so sehr verändert hatten.

Der grundlegende Aufbau des Ladens war derselbe geblieben. Breite Eichendielen waren von den vielen Schritten und jahrhundertelangem Wachsen glänzend poliert. Alte Holzregale säumten die Wände, mit einer Theke im hinteren Teil. Die Decke war aus Pressblech und ein Deckenventilator drehte sich träge, selbst mitten im Winter, angeblich um die Wärme zu dieser Jahreszeit nach unten zu drücken.

Im Laden war es still, als ich den Mittelgang entlangging und die straff organisierten Regale mit sauber beschrifteten Abschnitten bemerkte. Als ich zur hinteren Theke kam, war ich überrascht, dort Isobel Martin zu sehen. Ich hatte gehofft, ihre Mutter anzutreffen, aber Isobel hier zu finden, war ein Glücksfall. Isabel war eine Klatschtante, also konnte ich mich darauf verlassen, dass sie mir alles erzählen würde, was sie wusste.

Da die fragliche Quelle ihre Mutter war, hoffte ich sehr, dass ihre Mutter sich ihr anvertraute.

»Hallo, Isobel«, sagte ich, als ich vor der breiten Holztheke stehen blieb. Die Theke erstreckte sich über die gesamte Breite des hinteren Teils des Ladens, mit verschiedenen Artikeln in den Regalen dahinter.

Isobel blickte auf, und ihre runden braunen Augen bekamen Fältchen in den Winkeln, als sie mich anlächelte. »Na, hallo, Juliette. Gerüchten zufolge bist du nach deinem Besuch über die Feiertage für immer wieder in der Stadt.«

Isobels braune Augen passten zu ihrem Haar, das streng zu einem Dutt aus ihrem Gesicht zurückgebunden war. Sie war rundherum rundlich, mit vollen Wangen, einem süßen Lächeln und einer sanften, mütterlichen Ausstrahlung. Isobels Familie war eine Hexenfamilie, wenn auch nicht die mächtigste. Es war immer schön, sich keine Sorgen machen zu müssen, im Gespräch vorsichtig zu sein.

Nicht, dass man sich in Charm Cove überhaupt große Sorgen machen müsste, aber es gab hier genug Einwohner, die nicht übernatürlicher Art waren, darunter auch einige, die keine Ahnung hatten, dass wir tatsächlich existierten, sodass Hexen und Hexenmeister immer noch Vorsicht walten lassen mussten.

»Ich *bin* für immer zu Hause, Isobel, und es ist wirklich schön, dich zu sehen.«

Obwohl ich hier war, um Informationen zu sammeln, fühlte ich das Bedürfnis, einen anderen Vorwand für mein Kommen zu haben als reinen Klatsch. »Ich wollte fragen, ob ihr hier Bildaufhängernägel und so was führt. Ich muss ein paar Sachen aufhängen, seit ich umgezogen bin.«

Das war wahr. Nur wusste ich nicht genau, wo ich etwas aufhängen würde oder wie lange ich bei meinen Eltern bleiben würde.

»Natürlich haben wir die«, sagte Isobel und eilte hinter der Theke hervor.

Ich folgte ihr einen der Gänge hinunter und blieb neben ihr stehen, als sie auf einen Abschnitt im Regal zeigte. Ich nahm mehrere der Bildaufhänger. »Ich wusste gar nicht, dass du hier arbeitest«, bemerkte ich, als ich Isobel zurück zur Theke folgte.

»Ich helfe aus, wann immer es nötig ist. Du weißt es vielleicht nicht, aber meine Mutter und Morris haben ihr spätes Glück gefunden«, sagte sie mit einem breiten Lächeln. »Ich finde das so romantisch. Ich meine, meine Güte, sie sind beide in den Achtzigern. Ist das nicht einfach zuckersüß?« Sie drückte eine Hand auf ihr Herz, ihre Wangen röteten sich leicht.

»Das ist es ganz gewiss«, antwortete ich. »Ich glaube, das ist es, was wir uns alle erhoffen, wenn unsere erste Liebe nicht für immer bei uns bleibt, oder?«

»Das hoffe ich doch.« Sie zählte schnell die Handvoll Bildaufhänger ab und kassierte mich. »Anderes Thema, du warst ja mitten im Geschehen bei unserem letzten Ereignis, genau in der Nacht, in der du in die Stadt zurückgekommen bist«, sagte Isobel und erfüllte mir meinen unausgesprochenen Wunsch, indem sie mir eine einfache Möglichkeit bot, zu fragen, was sie von ihrer Mutter gehört haben könnte.

»Ich weiß, kannst du das glauben?«

»Na ja, es *ist* Charm Cove. Du weißt doch, wie viel Macht in dieser Stadt brodelt.«

»Das weiß ich«, sagte ich und nickte weise, als wären wir in einen privaten Scherz eingeweiht. »Weißt du, wo du es gerade erwähnst, ich bin neugierig, ob deine Mutter nachts vielleicht etwas gesehen hat. Ich meine, sie haben von hier aus eine ausgezeichnete Sicht auf die Grünanlage.«

Isobel blickte auf, als sie mir eine kleine Papiertüte über die Theke schob. »Oh, du meinst, ob sie wach war, als der Baum Feuer gefangen hat?«

»Nun, ja. Beatrice Powers war diejenige, die die Polizei rief, als sie von ihrem Haus aus sah, wie der Baum Feuer fing. Ich bin sicher, du hast diese schrecklichen Gerüchte gehört, dass sie tatsächlich eine Verdächtige sein könnte, nur weil sie die Polizei gerufen hat«, sagte ich, lehnte mich über die Theke und sprach mit leiser Stimme, obwohl niemand da war, der mich hätte hören können.

Isobel biss mühelos an und stützte ihre Ellbogen auf die Theke. »Das *habe* ich gehört. Ich muss dir sagen, ich weiß, dass es absolut *unmöglich* ist, dass Beatrice damit etwas zu tun hat. Sie ist eine der meistverehrten Hexen von Charm Cove.«

»Ich weiß«, sagte ich feierlich. »Deshalb frage ich mich, wer sonst noch etwas gesehen haben könnte. Laut Beatrice hat sie einen Mann auf der anderen Seite der Grünanlage gehen sehen und eine Gruppe von Teenagern. Aber es war zu dunkel, als dass sie einen von ihnen wirklich hätte identifizieren können. Alles, was deine Mutter oder Morris gesehen haben könnten, könnte sehr hilfreich sein.«

»Weißt du was, ich frage sie jetzt sofort. Sie ist gerade oben beim Mittagessen. Ich kann gar nicht glauben, dass ich nicht früher daran gedacht habe, sie zu fragen. Warte mal«, sagte Isobel, hob einen Finger und nahm den Hörer des an der Wand hinter dem Tresen befestigten Telefons ab.

»Mama, hast du zufällig ein paar Minuten Zeit, um runterzukommen?«, fragte sie, bevor sie innehielt, um zuzuhören. »Ich rufe an, weil Juliette Good vorbeigekommen ist. Du weißt doch, dass sie wieder in der Stadt wohnt, oder?« Noch eine Pause und ein Nicken. »Also, wir haben uns gefragt, ob du neulich Nacht zufällig wach warst, als der Baum Feuer gefangen hat. Ich habe gar nicht daran gedacht, dich zu fragen. Ich weiß, du bist eine Nachteule und hast in letzter Zeit nicht so gut geschlafen. Obwohl sich das vielleicht mit deiner neuen Liebe geändert hat.«

Isobel fing meinen Blick auf, ihre Augen glänzten. Nach einem weiteren Nicken gab sie mir einen Daumen hoch. »Also, das ist *sehr* hilfreich, Mama. Weißt du, wir sollten runtergehen und Daniel bei der Polizeiwache Bescheid sagen. Ich kann nicht fassen, dass ich nicht früher daran gedacht habe, dich danach zu fragen.« Eine lange Pause, in der Isobel nickte, während ich ungeduldig wartete. »Ja, okay. Sagen wir gegen vier Uhr? Kann Morris den Laden für die letzte Stunde übernehmen, damit wir Daniel sehen können, bevor er für heute Feierabend macht? Okay, perfekt. Ich habe heute Nachmittag Zeit.«

Isobel legte schließlich den Hörer auf, drehte sich wieder um und strahlte mich an. »Nun, sie hat zwar nicht gesehen, wie der Baum Feuer gefangen hat, aber sie hat John Corey auf dem Dorfplatz herumlaufen sehen. Er wohnt auf der anderen Seite, also ist es nicht ungewöhnlich, dass er da draußen ist. Sie hat sich nichts dabei gedacht, bis ich sie gerade angerufen habe.

»Sie kannte zwar nicht alle Kinder, die sie gesehen hat, aber sie sagte, eine Gruppe von Kindern hätte auf dem Dorfplatz Frisbee gespielt, bevor es zu spät wurde. Einer dieser Jungen war Timmy Rogers. Ich kann *nicht* fassen, dass ich nicht daran gedacht habe, sie vorher danach zu fragen. Natürlich kann meine Mama manchmal etwas schusselig sein, also wundert es mich nicht, dass sie sich nichts dabei gedacht hat. Sie meinte, sie sieht diese Kinder die meisten Tage da draußen. Wie auch immer, wir werden heute Nachmittag um vier Uhr mit Daniel darüber sprechen.«

»Ich bin so froh, dass ich überhaupt daran gedacht habe, dich zu fragen. Übrigens, ist John Corey nicht derjenige, der diesen Winter den Vertrag für einen Teil des Winterdienstes für die städtischen Straßen hat?«

Isobel seufzte und verengte die Augen, während sie den Kopf schüttelte. »Ja. Das ist er. Und du kannst Gift darauf nehmen, dass ich bei dieser Bürgerversammlung sein *werde*. Ich weiß nicht, was du denkst, aber er hält die Straßen *nicht* in Schuss. Ich habe so langsam die Nase voll. Er hat den Vertrag angenommen, und jetzt ist er total knauserig geworden.«

Ich nickte mitfühlend. »Da muss ich dir zustimmen. Ich bin noch nicht lange wieder zu Hause, aber ich habe definitiv einen Unterschied bemerkt. Früher habe ich mir über die Straßen nie große Gedanken gemacht.«

»Genau das meine ich«, schnaubte Isobel. »Du solltest besser auch zur Bürgerversammlung gehen.«

»Habe ich schon vor. Wenn wir uns vorher nicht sehen, dann sehen wir uns sicher dort.« Ich hielt inne und warf einen Blick auf die Uhr über dem Tresen. »Ich muss jetzt los, aber es war schön, dich zu sehen, Isobel. Danke, dass du daran gedacht hast, deine Mutter anzurufen. Niemand von uns will, dass Beatrice verdächtigt wird.«

»Oder du!«, rief Isobel aus. Ich unterdrückte ein Seufzen. »Ich bin sicher, deine Kraft ist gereift, aber ich erinnere mich daran, als du ein Teenager warst, meine Liebe. Auch wenn meine Familie nicht die Kraft der Goods hat, verstehe ich, dass der Umgang mit elektrischen Kräften ein wenig heikel ist. Ich hoffe sehr, dass es kein Unfall war.«

Ich musste die Zähne zusammenbeißen. Am liebsten hätte ich herausplatzt, dass Camille mit meiner Erlaubnis tatsächlich neben mir gesessen hatte, um zu spüren, ob ich irgendwelche Geheimnisse verbarg, und bestätigt hatte, dass dies nicht der Fall war. In diesem Fall hielt ich es für wichtiger, dass der Klatsch von selbst verebbte.

Ich lächelte leicht und hoffte, dass man mir meine Anspannung nicht im Gesicht ansah. »Es gibt schon einige Herausforderungen, aber ich hatte nichts damit zu tun, dass der Baum Feuer gefangen hat. Ich habe nichts zu verbergen und hoffe sehr, dass wir alles aufklären können.«

Ich war erleichtert, als ein anderer Kunde hereinkam, sodass ich einer weiteren Diskussion darüber entgehen konnte. Mit einem Winken und einem Lächeln ging ich, erleichtert, wieder nach draußen in die beißende Kälte zu treten. Der Geruch von Schnee in der Luft hatte sich in richtigen Schnee verwandelt, und Flocken trieben vom Himmel herab. Sie waren klein und dicht, und ich spürte, dass uns ein Sturm bevorstand.

KAPITEL ACHT

»Ernsthaft?«, fragte Donovan, wobei sich einer seiner Mundwinkel nach oben verzog.

Dieses halbe Grinsen von ihm war gefährlich. Jedes Mal, wenn ich es sah, bekam ich Schmetterlinge im Bauch. Ich nahm einen Schluck von meinem Wein und nickte. »Ernsthaft. Die Highschool hier war eine besondere Art von verrückt. Hexen und Hexer, bei denen die Kräfte erwachten und die Hormone verrückt spielten.«

Donovan lehnte sich in seinem Stuhl zurück und sein Grinsen breitete sich bis zum anderen Mundwinkel aus. »Ich finde es fast ein bisschen schade, dass ich nicht hier aufgewachsen bin.«

Ich legte den Kopf schief und dachte darüber nach. Obwohl ich mir eine Kindheit außerhalb von Charm Cove vorstellen konnte, da ich zum Studieren weggezogen war, machte mich der Gedanke, an einem Ort zu sein, an dem ich meine Kräfte fast die ganze Zeit hätte verbergen müssen, ein wenig traurig. Es war für mich definitiv eine Herausforderung gewesen, in meine Kräfte hineinzuwachsen, und das an einem Ort, an dem ich viel Unterstützung hatte.

»War es schwer?«, fragte ich.

Donovan war einen Moment still, bevor er mit den Schultern zuckte. »Ich glaube nicht. Ich meine, es ist ja nicht so, dass ich hier einfach herumlaufen und nach Lust und Laune zaubern kann. Meine Eltern haben mir nur eingeschärft, dass wir sehr vorsichtig sein und mit keinem anderen Kind darüber reden durften. Hier kennen wir alle die sicheren Familien. Meine Eltern haben ihre Entscheidung damals aus finanziellen Gründen getroffen, aber ich glaube, manchmal fragen sie sich, ob es die beste Wahl war. Jetzt, da meine beiden Großeltern verstorben sind und meine Eltern auch in die Jahre kommen, denke ich, dass sie vielleicht zurückziehen. Ich würde sie liebend gern hier haben.«

»Würden sie in dasselbe Haus ziehen?«

Donovan zuckte leichthin mit den Schultern. »Ich renoviere das Haupthaus und ein Gästehaus auf dem Grundstück direkt daneben. Ich brauche dieses riesige alte Bauernhaus bestimmt nicht für mich allein. Ich kümmere mich um die Renovierungen, und wir werden eine Lösung finden, falls und wenn sie tatsächlich hierherziehen«, erklärte er.

»Wenn es dir nichts ausmacht, dass ich frage, was machst du beruflich?«

»Natürlich macht es mir nichts aus. Ich bin Ingenieur. Ich arbeite auf Beratungsbasis. Das funktioniert gut, da ich viel online erledigen und dann bei Bedarf reisen kann.«

»Was für ein Ingenieur?«

»Maschinenbauingenieur. Ich arbeite unter anderem an Plänen für Raketen.«

»Oh, wow, das ist cool. Du kannst den Leuten erzählen, dass du Raketenwissenschaftler bist.«

Donovan zeigte ein ironisches Lächeln. »Ich schätze, wir haben die ganzen Grundlagen irgendwie übersprungen, was?« Mein Magen machte einen kleinen Hüpfer. »Und was machst du, Juliette?«

Ich nahm einen Schluck Wasser und zuckte mit den Schultern. »Das muss ich noch herausfinden. Ich habe gerade mein Masterstudium abgeschlossen, obwohl ich ein paar Jahre länger gebraucht habe, weil ich nach dem College zwei Jahre Pause gemacht habe.«

»Worin hast du deinen Abschluss?«

»Buchhaltung. Das ist also das, was ich vorhabe. Ich muss nur noch herausfinden, wie genau. Ich könnte, wenn ich wollte, für meine

Familie arbeiten. Mein Vater leitet eine Investmentfirma mit einigen Nebengeschäften.«

»Einschließlich eines Räumdienstes, wie ich gehört habe«, bemerkte Donovan.

»Oh, lass mich raten. Du hast auch schon von den Streitereien um die Straßeninstandhaltung gehört?«

»Natürlich habe ich das. Ich hätte nie gedacht, dass ich mal eine Meinung zur Straßeninstandhaltung haben würde, aber so ist es. Man hat mir gesagt, ich sollte nächste Woche zur Bürgerversammlung gehen.«

» Lass uns zusammen hingehen«, sagte ich und stützte einen Ellbogen auf den Tisch. »Ich brauche Gesellschaft und ich gehe auf jeden Fall hin.«

KAPITEL NEUN

Eine Kellnerin trat im Enchanted Spirits an den Tisch. »Okay, was darf es für Sie alle sein?«, fragte sie und warf sich ihren blonden Zopf über die Schulter.

»Ich nehme eine Margarita«, antwortete ich und warf einen Blick auf Donovan, der neben mir saß.

»Ich nehme das Bier vom Fass«, sagte er.

»Ich auch. Und du?«, fragte mein Cousin Nathan und ließ seinen Blick zu Liam und Moira wandern.

Liam nickte. »Klingt gut für mich. Ich nehme an, du möchtest ein Glas Wein«, erwiderte er und sah Moira an.

Als sie nickte, ging die Kellnerin weiter. »Warum bestellen wir nicht einen Pitcher vom Hausbier?«, meinte Cam, als er den Tisch erreichte und den letzten freien Stuhl herauszog, um sich zu setzen.

»Okay, eine Margarita, einen Pitcher vom Hausbier mit vier Gläsern und ein Glas Wein. Habe ich alles?«, fragte die Kellnerin.

»Und zwei Körbe Zwiebelringe«, warf Nathan ein.

»Verstanden«, sagte sie, bevor sie sich umdrehte und davonging.

Das Enchanted Spirits war heute Abend brechend voll. Aber das war gang und gäbe, selbst im Winter. An manchen Winterabenden war die Bar voller als im Sommer während des Touristenansturms.

Während die Touristen die Restaurants und Bars der Stadt in den Sommermonaten auf Trab hielten, zogen die langen, kalten und dunklen Winter die Einheimischen an Orte, an denen es Gesellschaft, Essen und gute Laune gab.

Ich hatte dieses Gefühl von Kameradschaft und Geborgenheit vermisst. Charm Cove war mein Zuhause und Orte wie das Enchanted Spirits waren von einer vertrauten Wärme durchdrungen. Diese Bar gab es schon seit ein paar Jahrhunderten. Obwohl die Besitzer sie modernisiert hatten, atmete das alte Kolonialhaus, in dessen Erdgeschoss sie untergebracht war, förmlich Geschichte. Der breite Dielenboden aus Hartholz war von den Schritten unzähliger Füße über die Jahrhunderte abgenutzt. Eine Holztheke mit Messingarmaturen säumte die hintere Wand. Nischen umgaben den Raum, in dem Tische verstreut waren, und in der Ecke gab es einen Bereich für Billardspiele.

Hexen und Hexenmeister fühlten sich hier nie fehl am Platz, wenn man bedenkt, dass sie zu jeder Zeit die Mehrheit der Gäste ausmachten. Ich hatte nicht geplant, mich heute Abend hier mit Donovan zu treffen. Aber als ich ihn auf dem Bürgersteig vor mir gehen sah, den Kopf gesenkt, während der eisige Wind durch die Straßen fegte, rief ich seinen Namen. Er drehte sich um, winkte und ich hatte ihn impulsiv eingeladen, sich uns anzuschließen.

Obwohl ich nicht genau wusste, was wir mehr als ein einziges Date waren, war Donovan jetzt hier, und ich wollte, dass er sich wieder in den Armen der Hexenwelt von Charm Cove willkommen fühlte. Und wie ginge das besser als in einer Bar mit einem Haufen Freunde, die alle Hexen und Hexenmeister waren?

Liam, mein gelegentlich überfürsorglicher älterer Bruder, fing meinen Blick auf, sein forschender Blick wanderte von mir zu Donovan und wieder zurück. Ich kniff die Augen zusammen und wollte ihn anflehen, nichts hineinzuinterpretieren. Ein subtiles Glitzern trat in seinen Blick und ich unterdrückte ein Seufzen.

»Also, Donovan, wie sieht es mit den Angeboten der Handwerker für die Arbeiten an deinem alten Familienhaus aus?«, fragte Liam beiläufig.

Donovan zuckte leichthin mit den Schultern. »Die Kostenvoranschläge sind höher, als ich es mir wünschen würde, aber sie halten sich alle im Rahmen. Leider hat seit über einem Jahrzehnt niemand mehr in dem Haus gewohnt, daher sind einige ernsthafte Arbeiten erforderlich«, sagte Donovan kopfschüttelnd. »Der Vorteil ist, dass es mir einen Vorwand gibt, in Modernisierungen zu investieren.«

Nathan lachte. »Das ist eine optimistische Sichtweise. Die Renovierung dieser alten Häuser kostet manchmal ein Vermögen.«

Unsere Kellnerin kam, um unsere Getränke zu bringen. Als sie wegging, hielt ein ehemaliger Fast-Freund an unserem Tisch an. »Na hallo, Juliette«, sagte Lyle.

Ich hoffte, er würde nicht lange verweilen. Lyle und ich hatten in der Highschool eine kurzlebige Dating-Episode. Sie endete abrupt, als ich herausfand, dass er nur nett tat, in der Hoffnung, mich dazu zu bringen, meine elektrischen Kräfte für schändliche Zwecke einzusetzen. Lyle war selbst ein Hexenmeister, doch seine Familie war, was die Macht anging, eher schwach auf der Brust, und er konnte nicht viel mehr als einfache Zauber wirken. Obwohl er gut aussah, bekam er ständig Ärger wegen kleinerer Verbrechen.

Ich zwang mich zu einem höflichen Lächeln. »Hi, Lyle. Wie geht's?«, fragte ich und bemühte mich, meinen Tonfall lässig zu halten.

»Läuft bestens. Ich habe gehört, dein erster Abend wieder in der Stadt war ziemlich interessant«, meinte er feixend.

Liam blickte in seine Richtung. »Wovon zum Teufel redest du?«, fragte er mit sofort gereiztem Ton.

»Oh, der Baum auf dem Dorfplatz. Ich dachte mir, Juliette hatte bestimmt wieder einen Unfall«, erklärte Lyle.

Ich knurrte förmlich, und dann spürte ich, wie Donovans Arm sich über meine Schultern legte. »Es gab keinen Unfall«, warf Donovan ein. »Ich war da und Juliette war nicht einmal in der Nähe des Baumes.«

Jemand rief Lyles Namen, und mit einem weiteren Grinsen drehte er sich um und schlenderte davon. »Gott, ist der unreif«, murmelte ich, bevor ich einen kräftigen Schluck von meiner Margarita nahm.

»Ach je, ignoriere ihn einfach«, sagte Moira.

Ich seufzte und griff nach einem Zwiebelring. Bevor ich abbiss, fügte ich hinzu: »Ich bin einfach nur froh, dass wir ziemlich schnell herausgefunden haben, dass es kein Unfall war, bei dem meine Kräfte im Spiel waren. Ich habe sogar deine Mutter ihr Ding machen lassen.«

Donovan sah leicht verwirrt aus, als er zwischen Moira und mir hin und her blickte. »Eine der Kräfte ihrer Mutter ist es, Geheimnisse zu spüren. Also habe ich sie gebeten, mich zu überprüfen, um zu bestätigen, dass ich nichts über diese Nacht verheimlichte«, erklärte ich.

Donovans Augenbrauen zogen sich hoch und ihm entfuhr ein Kichern. »Na dann.«

Ich tunkte den Zwiebelring in die Honig-Senf-Soße, biss ab und zuckte mit den Schultern. »Hey, alles, um meinen Namen reinzuwaschen.«

»Hast du eigentlich noch mal von Isobel gehört, nachdem sie und ihre Mutter mit Daniel reden wollten?«, fragte Moira, während sie sich ein paar Zwiebelringe nahm, während Liam, Cam und Nathan anscheinend einen Wettbewerb veranstalteten, wer die meisten essen konnte.

Ich warf Donovan einen Blick zu und meinte: »Du solltest dir besser ein paar Zwiebelringe holen, wenn du noch welche abbekommen willst, bevor sie alle weg sind.«

Er drückte meine Schulter, bevor er seinen Arm sinken ließ, um nach seinem Bier zu greifen. Ich sah Moira an und erwiderte: »Nichts weiter, als was sie mir schon erzählt haben. Timmy Rogers war der Junge, den sie identifiziert haben, also will Daniel bei ihm nachhaken. Sie haben auch John Corey da draußen gesehen, aber er wohnt auf der anderen Seite des Dorfplatzes, das ist also nicht allzu ungewöhnlich. Es könnte einfach ein Zufall sein, dass sie zufällig in der Nähe waren.«

»Seit wann ist in Charm Cove irgendetwas ein Zufall?«, sinnierte Cam zwischen zwei Bissen Zwiebelringen.

Nathan kicherte, bevor er mit dem letzten Zwiebelring einen riesigen Klacks der Honig-Senf-Soße auftunkte. »So gut wie nie.« Sein Blick wanderte zu mir und er grinste. »Wenigstens hat dir niemand einen verrückten Liebeszauber auf den Hals gehetzt.«

Donovan sah verwirrt aus, also klärte Moira ihn auf. »Du hast den ganzen Spaß verpasst. Letzten Sommer, ungefähr einen Monat bevor Liam und ich heiraten sollten, kam eine Hexe aus Louisiana hierher. Sie hatte zufällig sehr hart an ihrer Rufmagie gearbeitet. Sie hat Nathan verhext, und er hat sich Hals über Kopf in sie verliebt.«

Ich konnte mir ein Kichern nicht verkneifen. Währenddessen nickte Cam energisch. »Ja, das hättest du sehen sollen. Ich war derjenige, der ihn an den Docks in Portland gefunden hat, wo er wie ein verliebter Trottel umherlief.«

Nathan schüttelte seufzend den Kopf. »Es ist immer noch peinlich. Ich sah aus wie ein Idiot, und sie hat den falschen Good erwischt.«

Donovan zog fragend eine Augenbraue hoch.

»Da du direkt nach der ersten Klasse weggezogen bist, erinnerst du dich vielleicht nicht daran, dass es einen alten Zauber zwischen den Familien Wicked und Good gab. Einmal pro Jahrhundert war es durch den Zauber vorbestimmt, dass ein Wicked und ein Good heiraten müssen, um den Frieden zwischen den beiden Familien zu wahren. Alles wegen einer üblen alten Fehde und misslungener Magie vor ein paar Jahrhunderten«, erklärte ich.

Donovan blickte ungläubig in die Runde. »Kann nicht behaupten, dass ich mich daran erinnere. Ist das euer Ernst?«

Nathan verdrehte die Augen. »Wahre Geschichte, Mann. Was den Liebeszauber angeht, sie dachte, ich sei der vorherbestimmte Good anstelle von Liam. Gott sei Dank, schätze ich. Ich war das Opferlamm für ihren Sirenengesang. Wie auch immer, zurück zu meinem Punkt. Dass die Leute denken, du hättest vielleicht einen Unfall mit deinen elektrischen Kräften gehabt, ist nichts im Vergleich dazu, tatsächlich mit einem Sirenenzauber belegt worden zu sein und sich wie ein liebeskranker Idiot aufzuführen.«

Donovan kicherte. »Also, ich kann mir vorstellen, dass das *keinen* Spaß gemacht hat.«

Ich nippte an meinem Margarita und dachte darüber nach, wie die üblichen Kleinstadtprobleme in Charm Cove doch eine ganz eigene Note hatten. Ich hoffte nur, dass ich den Verdacht bezüglich der Baum-Sache abschütteln konnte. Ich schätzte, ich sollte froh sein, dass niemand verletzt wurde.

Als wir später an diesem Abend das Enchanted Spirits verließen, kam John Corey die Straße entlang. Er war ein älterer Hexenmeister, dessen Familie ich nicht wirklich kannte. Obwohl wir uns in Charm Cove alle kannten, verkehrten die verschiedenen Kreise nicht alle miteinander, genau wie überall sonst auch. Seine Familie war still und wortkarg und blieb meist für sich.

Er blickte zufällig auf, als ich neben meinem Auto stehen blieb. Das

Licht der Straßenlaternen über uns glitzerte in seinem silbernen Haar. Seine Hände steckten in den Taschen, und seine Augen verengten sich in dem Moment, als sie mich erblickten. »Eine der Good-Hexen«, murmelte er. »Eure Familie ist eine Plage und obendrein noch gierig.«

Da mir darauf keine gute Antwort einfiel, ignorierte ich ihn. Als ich auf den Knopf meines Funkschlüssels drückte, um mein Auto aufzuschließen, trat er näher und umfasste meinen Ellbogen. Ein unwohler Schauer durchlief mich, und Anspannung zog sich in meinem Bauch zusammen.

»Entschuldigen Sie«, sagte ich, blickte ihn an und spürte dieses leichte Kribbeln in meinen Fingern. Wenn ich mich bedroht fühlte, kribbelte meine Magie direkt in den Fingerspitzen.

»Hey!«, rief eine Stimme von der anderen Straßenseite.

Ich blickte auf und sah, wie Donovan von seinem Auto, das fast direkt gegenüber von meinem geparkt war, zu uns herüberjoggte. Ein Gefühl der Erleichterung durchströmte mich. Ich hatte keine Ahnung, warum dieser Mann wütend auf meine Familie war, aber ich war erleichtert, damit nicht allein fertigwerden zu müssen.

John ließ meinen Ellbogen schnell los und trat einen Schritt zurück. Als Donovan mich erreichte, drehte er sich schon um und ging weg.

»Alles okay?«, fragte Donovan mit leiser Stimme.

»Äh, ja, mir geht's gut«, sagte ich und sah dem Mann nach, wie er davonging.

»Kennst du den?«, fragte Donovan, als ich mich wieder zu ihm umdrehte und zu ihm aufsah.

»Das ist John Corey, genau der Typ, über den sich alle wegen der Straßensituation beschweren. Er klingt ziemlich sauer auf meine Familie. Warum er glaubt, dass ich irgendetwas damit zu tun habe, worüber er sich aufregt, ist mir ein Rätsel.«

Donovan blickte den Gehweg hinunter, als John aus dem Blickfeld verschwand, weil er in eine der Querstraßen abbog.

»Ich weiß, dass er ein Hexenmeister ist, aber er scheint nicht ganz bei Trost zu sein. Weißt du, was ich meine?«

»Oh, das würde ich sagen. Er ist ein bisschen neben der Spur«, bemerkte Donovan.

Als ich wieder zu Donovan aufblickte, wurde mir schlagartig bewusst, wo seine Hand gelandet war, als er neben mir stehen geblieben war: genau zwischen meinen Schulterblättern. Die Wärme seiner Handfläche drang durch meine Winterjacke. Mein Bauch machte dieses komische, flatternde Ding, das er immer tat, wenn ich mir seiner zu sehr bewusst wurde.

Es fühlte sich an, als würden Funken in der Luft tanzen, als würde Elektrizität um uns herum schimmern. Donovan war für ein paar Augenblicke still. Ich versuchte, nach Luft zu schnappen, aber mein Puls raste, und alles, was ich zustande brachte, war ein flacher Atemzug.

Donovan neigte seinen Kopf und streifte mit seinen Lippen meine. Die sanfte Reibung schickte einen Hitzestoß direkt durch meinen Körper. Als er sich zurückzog, glitzerten seine Augen im Licht der Straßenlaternen. »Ich mag dich, Juliette«, sagte er, seine Stimme leise in der eiskalten Luft.

In diesem Moment fegte ein Windstoß die Straße entlang und ließ mich frösteln. »Ich weiß, dass du zur Bürgerversammlung gehst, aber könnten wir nicht vielleicht auch bald wieder zusammen essen gehen?«, fragte er.

Ich spürte, wie mein Kopf nickte, bevor mir klar wurde, dass ich ihm bereits antwortete. Ich mochte Donovan. Ziemlich sehr sogar.

»Ausgezeichnet. Es ist kalt, und du musst in dein Auto steigen und nach Hause fahren«, sagte er mit einem langsamen Lächeln, das diese Schmetterlinge erneut durch meinen Bauch flattern ließ. »Wie wäre es, wenn wir morgen Abend nach der Bürgerversammlung noch spät zu Abend essen?«

»Das würde mir gefallen.«

Sein Lächeln wurde breiter, als wir dastanden. Ein weiterer Windstoß wehte mein Haar wild durcheinander. Er griff um mich herum und öffnete die Fahrertür meines Autos, woraufhin die warme Luft um mich herum nach draußen strömte. Ich stieg schnell ein und sah ihm zu, wie er rückwärts über die Straße ging.

»Gute Nacht, Juliette«, rief er, kurz bevor ich die Tür schloss, unendlich erleichtert, dass ich einen Fernstarter hatte. Ich war vernünftig genug gewesen, mein Auto zu starten, bevor ich überhaupt aus der Bar getreten war. Sobald die Autotür geschlossen war, umhüllte mich die Wärme. Das leise Summen der Heizung und die ausströmende warme Luft vertrieben die Schauer, die durch mich gejagt waren.

Als ich nach Hause fuhr, dachte ich über Donovans Kommentar nach, dass John Corey ein wenig seltsam wirkte. Ehrlich gesagt kannte ich ihn nicht gut genug, um mir eine Meinung bilden zu können, aber er *wirkte* definitiv seltsam. Ich musste auch unweigerlich an den Wunsch denken, den ich in der Nacht meiner Rückkehr nach Charm Cove am Brunnen geäußert hatte.

Mir fiel plötzlich ein, dass ich von keinen anderen Vorfällen gehört hatte, bei denen Wünsche geäußert wurden und sofort in Erfüllung gingen. Ich war auch seit jenem Tag, an dem ich gesehen hatte, wie diese beiden Wünsche geäußert und fast augenblicklich erfüllt wurden, nicht einmal mehr in der Nähe des Brunnens gewesen.

KAPITEL ZEHN

»Die Sitzung des Stadtrats von Charm Cove ist hiermit eröffnet«, verkündete Beatrice Powers, während sie vor dem überfüllten Rathaus stand.

Als das Gemurmel der Gespräche anhielt, hob Beatrice den kleinen Hammer, der vor ihr auf dem Tisch lag, an und klopfte leicht damit. »Ruhe, bitte. Wir haben heute Abend eine Menge zu besprechen, also lassen Sie uns anfangen.«

Obwohl Beatrice zierlich war, hatte sie eine gebieterische Ausstrahlung. Nach einem weiteren festen Schlag mit dem Hammer auf den Tisch verstummte das Gemurmel. Nach einem Moment blickte Beatrice zu Anna Goodness hinüber, die neben ihrer Arbeit als Empfangsdame bei der Polizei und der Leitstelle von Charm Cove auch die Protokollführerin der Stadt war. Sie protokollierte alle wichtigen Sitzungen der Stadt.

»Können wir anfangen, Anna?«, fragte Beatrice höflich.

Als Anna nickte, blickte Beatrice zu den restlichen Mitgliedern des Stadtrats von Charm Cove, die vorne am Tisch saßen. Beatrice war die Vorsitzende; der Rest des Rats bestand aus einer Mischung aus Hexen und Hexenmeistern, Geschäftsinhabern, Mitarbeitern von gemeinnützigen Organisationen und dergleichen. Alle drei Jahre fand eine Wahl statt, und diese war in der Regel ziemlich umkämpft. Da Charm Cove ein belebtes Touristenziel war, stand bei den Entscheidungen der Stadt Geld auf dem Spiel. Beatrice ging um den Tisch herum und setzte sich.

Donovan, der neben mir saß, beugte sich vor und flüsterte mir ins Ohr: »Sind diese Sitzungen immer so voll?«

Moira, die auf meiner anderen Seite saß, lachte leise. »Es ist nicht immer so voll, aber man kann schon sagen, dass sie normalerweise gut besucht sind«, sagte sie mit leiser Stimme.

Die Protokollführerin verlas die Liste der Themen für den Abend. »Zuerst werden wir Haushaltsfragen behandeln. Die Bibliothek beantragt eine Aufstockung des Budgets, um das Gebäude neben dem derzeitigen Standort der Bibliothek zu kaufen und so die Räumlichkeiten zu erweitern. Wir werden die Angelegenheit des Straßenvertrags besprechen und auch ein Update zum Stadtbaum geben.«

Fast augenblicklich schoss im Publikum eine Hand in die Höhe. Beatrice richtete ihren scharfen Blick auf die Frau, deren Hand in der Luft war. »Ja?«

Im Hintergrund war das leise Geräusch von Annas Fingern zu hören, die über die Tastatur flogen, während sie die Sitzung protokollierte.

Die Frau, eine ältere Dame, von der ich glaubte, sie als Besitzerin eines örtlichen Bed & Breakfast zu erkennen, sagte: »Wir alle wissen, dass die meisten von uns wegen der Straßenangelegenheit hier sind. Gibt es eine Möglichkeit, dass wir das zuerst behandeln?«

»Ich verstehe, dass Sie dieses Thema zuerst behandeln möchten. Die Vorschriften verlangen jedoch, dass wir bestimmte Dinge in der Reihenfolge behandeln, in der sie festgelegt wurden. Außerdem befürchte ich, selbst wenn wir die Reihenfolge ändern könnten, dass dieses Thema die gesamte Sitzung in Anspruch nehmen wird. Es wird nicht lange dauern, die anderen Themen zu behandeln«, erklärte Beatrice.

Es gab ein paar missmutige Murmler im Publikum, aber niemand widersprach weiter. Als sie anfingen, über den Haushalt zu diskutieren, ließ ich meinen Blick über das Publikum schweifen. Hier gab es viele bekannte Gesichter. Mein Vater hatte beschlossen, nicht teilzunehmen, und auch sonst war niemand aus meiner unmittelbaren Familie anwesend. Meine Tante Lea und mein Onkel Jacob saßen in der Reihe vor uns. Opal war ebenfalls hier, mit meinem Onkel Theo an ihrer Seite.

Ich beugte mich zu Moira und fragte: »Also hat Liam beschlossen, nicht zu kommen, was?«

»Oh ja«, sagte sie mit gedämpfter Stimme. »Wir dachten uns, dass diese Straßendiskussion hitzig werden würde. Der städtische Beauftragte für die Straßen ist der Neffe von Tom Lewis. Er ist der Meinung, der Vertrag müsse allein für deinen Vater überarbeitet werden. Er hat es sogar bei der Sitzung letzte Woche bei ihnen erwähnt. Liam meint, es ist das Beste, wenn sie sich einfach aus der Diskussion heraushalten und den Rat entscheiden lassen. John Corey macht seit Jahren einen Aufstand wegen des Vertrags.«

Donovan, der zwischen uns gefangen war, meinte: »Na ja, mir scheint, er sieht es als eine Möglichkeit, das Geld aufzusaugen und es nicht für die eigentliche Straßeninstandhaltung auszugeben. Versteht mich nicht falsch, ich habe keinen Vergleichswert wie diejenigen von euch, die schon immer hier leben. Aber wir haben im Norden von New York reichlich Winter, also habe ich eine Vorstellung von Straßeninstandhaltung. Für mich ist klar, dass er beim Streuen von Sand und Salz knausert und mit dem Schneeräumen zu lange wartet, bis die Stürme schon toben.«

»Da stimme ich zu«, sagte Lea und blickte über ihre Schulter.

Ich unterdrückte ein Lächeln. Lea war noch nie jemand, der sich aus einem Gespräch heraushielt. Sie zwinkerte mir zu, als sie meinen Blick auffing. Obwohl sie und Opal beide Tanten von mir waren, hatten sie jeweils in die Familie eingeheiratet. Opal hatte eine eher schroffe Art an sich, während Lea weite Röcke und fließende Blusen mit mehreren Armreifen an den Armen bevorzugte. Ihr größtenteils silbernes Haar trug sie heute offen.

Wir alle drehten uns nach vorne, als Beatrice anmerkte, dass es Zeit sei, zur Straßendiskussion überzugehen. »Okay«, sagte sie und ließ ihren strengen Blick durch den überfüllten Raum schweifen. »Dem Rat ist bewusst, dass viele Einwohner eine Meinung zur winterlichen Straßeninstandhaltung in diesem Jahr haben.«

Wieder schoss eine Hand im Publikum in die Höhe, diesmal die eines älteren Mannes. Sein graues Haar stand ihm in alle Richtungen vom Kopf ab. »Ja?«, sagte Beatrice.

»Natürlich haben wir Meinungen! Das sind unsere Steuern, und wir erwarten, dass die Straßen instand gehalten werden. Da Sie erwähnt haben, dass der Rat sich dessen bewusst ist, könnten Sie uns vielleicht mitteilen, wie viele Anrufe mit Beschwerden Sie erhalten haben?«

Der Mann setzte sich schnell wieder hin, und Beatrice blickte hinüber zur Protokollführerin des Rats. Die Protokollführerin klickte auf den Laptop neben sich und beugte sich vor, während sie auf den Bildschirm blickte. Sie sah auf und sagte: »Allein in der letzten Woche hatten wir dreihundert Anrufe. Seit November beträgt die Gesamtzahl der Anrufe fast eintausend.«

Eine weitere Hand schnellte in die Höhe, sie gehörte Zoe Levesques Mutter, Betsy Baker. Auf Beatrices Nicken hin stand Betsy auf. »Nun, das sind ja wirklich eine Menge Anrufe. Ich möchte nur anmerken, dass wir dieses Gespräch doch bitte zivilisiert führen können. Alle Meinungen beiseite, wir brauchen einfach nur gut instand gehaltene Straßen und eine angemessene Verwendung unserer Steuergelder.

»Ich denke, es wäre auch hilfreich herauszufinden, ob die Polizei von Charm Cove uns Zahlen zu den durchschnittlichen Blechschäden in den Wintermonaten geben könnte. Ich persönlich hatte zwei im Stadtzentrum, das von dem neuen Auftragnehmer betreut wird. Das sind die ersten beiden Blechschäden, die ich in über dreißig Jahren hatte. Ich weiß, wie man im Winter fährt, aber mit Eis ist schwer umzugehen. Danke«, sagte sie und hatte damit offensichtlich alles gesagt, was sie sagen wollte.

Betsy war eine bekannte Hexe in Charm Cove. Sie war ziemlich mächtig, aber auch sehr gutmütig. Dass sie verärgert war ... nun, das sagte so ziemlich alles.

»Wissen Sie, wir haben nicht daran gedacht, Daniel Levesque einzuladen, um diese Informationen bereitzustellen, aber wir können sie sicherlich besorgen und per E-Mail an alle senden, die auf der E-Mail-Liste des Rates stehen«, antwortete Beatrice.

Wieder ging eine Hand hoch und ein Mann stand schnell auf. Zachary Ouellettes Familie besaß eine Reihe von Geschäften in Charm

Cove. Sie waren zufällig keine Hexenfamilie, obwohl sie freundlich waren und seit Jahrhunderten in der Gemeinde lebten.

Zachary blickte sich im Publikum um, bevor er sich an den Rat wandte. »Ich finde, wir sollten einfach zur Sache kommen. Geben Sie den vollen Vertrag an die Familie Good zurück. Sie haben das jahrelang gut gemacht und es gab keine Beschwerden. Ich habe keine Zeit, mir Sorgen über den Zustand unserer Straßen zu machen. Ich muss ein Geschäft führen.«

Während Beatrice nickte, stand John Corey schnell auf. Sein bedrohlicher Blick schweifte durch den Raum und verweilte auf Opal, Lea und mir, den einzigen Mitgliedern der Familie Good im Publikum. Nun ja, ich schätze, Moira zählte jetzt auch dazu, da sie mit Liam verheiratet war.

»Mann, der sieht aber wütend aus«, murmelte Moira leise.

»Er ist ein bisschen durchgeknallt«, kommentierte Donovan. »Hast du ihr erzählt, dass er dich gestern Abend auf der Straße angesprochen hat?«

Moira beugte sich zu mir herüber. »Wovon redet er?«, flüsterte sie.

»Genau davon. Ich habe gestern Abend Enchanted Spirits verlassen, und da kam er auf dem Bürgersteig auf mich zu, total sauer, und hat mich am Ellbogen gepackt.«

»Seid leise, ich will zuhören«, sagte Opal und lehnte sich in ihrem Stuhl zurück.

»Das ist eine Verschwörung«, sagte John. »Es ist vollkommen fair, dass es einen gesunden Wettbewerb um städtische Aufträge gibt.«

»Es geht nicht um Wettbewerb«, rief eine Stimme aus dem Publikum. »Es geht darum, unsere Steuergelder zu verwenden, um die Straßen tatsächlich in Schuss zu halten.«

Eine andere Stimme mischte sich ein: »Und nicht darum, die Vertragssumme einzustecken, um die eigenen Gewinne aufzubessern und das Geld für sich zu behalten.«

John murmelte etwas Unverständliches, drehte sich um und stürmte aus dem Raum, seine Schritte hallten auf dem Hartholzboden wider.

Die Diskussion über die Straßensituation ging im gleichen Stil weiter. Nachdem alles gesagt und getan war, überprüfte der Stadtrat die städtischen Vorschriften und kam zu dem Schluss, dass sie den Vertrag so beibehalten müssten, wie er war. Unter den Blicken der Stadtbewohner stimmten sie für ein zusätzliches Budget für die Straßen und beauftragten die Verwaltungsfirma meines Vaters, die Leitung zu übernehmen.

»Das wird John nur noch mehr aufregen«, flüsterte ich.

»Vielleicht, vielleicht auch nicht«, erwiderte Donovan. »Er kann das Geld einstecken, und vielleicht ist es sowieso alles, was er will.«

»Genau«, sagte Lea und blickte sich wieder über die Schulter.

»Und das letzte Thema des Abends ist der neueste Stand bezüglich des Baumes auf dem Dorfplatz, der Feuer gefangen hat«, verkündete die Protokollführerin.

»Oh, Mist. Ich hatte gehofft, dafür würde die Zeit nicht mehr reichen«, sagte ich und unterdrückte ein Seufzen.

Donovan sah mich an, ein leichtes Lächeln umspielte seine Lippen. »Du hattest nichts damit zu tun. Mach dir keine Sorgen.«

»Wissen wir schon, wer es war?«, fragte jemand aus dem Publikum.

Beatrice schüttelte den Kopf. »Noch nicht. Die Polizei untersucht den Vorfall, und hoffentlich bekommen wir bald eine Antwort. Wir möchten Ihnen mitteilen, dass wir nach einem Gespräch mit einem Baumpfleger davon ausgehen, dass sich der Baum vollständig erholen wird. Wir beauftragen jemanden, der die verbrannten Äste abschneidet und nachsieht, was wir tun können, um das neue Wachstum so schnell wie möglich zu fördern.

»Da es sich um einen immergrünen Baum handelt, müssen wir nicht auf den Frühling warten. Sie können alle versichert sein, dass die geliebte Balsamtanne der Stadt bis zum Frühling wieder ganz die Alte sein wird. Und damit ist unsere Zeit um. Bitte denken Sie daran, wenn Sie möchten, dass wir nächsten Monat ein Thema behandeln, müssen Sie uns nur eine E-Mail schicken oder im Rathaus vorbeikommen und das Formular ausfüllen«, sagte Beatrice.

Nachdem die Sitzung vertagt war, blickte ich zu Moira. »Hatte Liam schon Erfolg mit dem Baum?«

»Oh ja! Wir hatten noch keine Gelegenheit, es dir zu erzählen. Er kann ihn definitiv wiederherstellen. Er hat gut auf seinen Zauber angesprochen. Er wird es schrittweise machen.«

»Kluger Plan«, kommentierte Opal, als sie sich zu uns umdrehte. Ihr scharfer Blick landete auf Donovan, und sie neigte leicht den Kopf. »Donovan Wick. Ich habe Sie nicht mehr gesehen, seit Sie ein kleiner Junge waren. Opal Good, falls Sie sich nicht an mich erinnern.«

Donovan lächelte ungezwungen. »Ich erinnere mich an Sie, Opal. Sie waren mit meiner Großmutter befreundet, wenn ich mich recht erinnere.«

»Ihre Erinnerung trügt Sie nicht. Es ist schön, Sie wieder in der Stadt zu haben, obwohl wir Ihre beiden Großeltern sehr vermissen«, antwortete sie.

Als die Anwesenden aufstanden, taten wir es ihnen gleich und strömten mit dem Rest der Menge nach draußen. Donovan und ich wollten eigentlich zu Abend essen, und ich hoffte, es gäbe einen Weg, sich taktvoll zu verabschieden.

Moira blieb neben uns auf dem Gehweg stehen. »Wollt ihr zum Abendessen rüberkommen?«

Donovan war auf dem Weg aus dem Rathaus noch schnell auf die Toilette gegangen. Ich blickte sie an und spürte, wie mir die Wangen heiß wurden. »Eigentlich esse ich mit Donovan zu Abend.«

»Oh«, sagte sie langsam. »Wirklich?«

»Ja«, sagte ich, und ein Lächeln zuckte an meinen Lippenwinkeln. »Ich mag ihn. Wir waren vor ein paar Abenden schon mal essen. Sag Liam bitte, er soll es für sich behalten. Es ist nur ein Abendessen.«

Moira lachte leise. »Danke, dass du mich nicht gebeten hast, Liam nichts zu sagen. Du kennst ihn, er reagiert sensibler auf den Druck der Familie als die meisten anderen.«

»Oh, ich weiß, ich weiß. Nicht, dass ich glaube, er würde mich unter Druck setzen. Ich lasse es nur gern langsam angehen.«

Als ich aufblickte, sah ich Donovan die Treppe vom Rathaus herunterkommen. Als er neben uns stehen blieb, verriet Moira mich prompt. »Ich weiß, ihr beide esst heute Abend zusammen, aber wie wäre es, wenn ihr dieses Wochenende zu uns auf Pizza und Bier vorbeikommt?«

Donovan sah mich mit einer Frage in den Augen an. »Ich würde sehr gern, aber es liegt ganz bei dir.«

»Ich bin dabei, wenn du Lust hast.«

»Klingt gut für mich«, sagte er gelassen.

Moira lächelte strahlend und winkte uns beiden zu, als sie sich umdrehte, um zu ihrem Auto zu gehen. »Dann also Samstagabend. Sagen wir sechs Uhr?«

»Klingt gut«, rief ich ihr nach, als sie sich entfernte.

Als sie außer Hörweite war, blickte Donovan zu mir hinab, und in meinem Bauch machte sich wieder dieses komische Gefühl breit. Alles in mir kribbelte und flatterte, und meine Wangen erröteten in der kalten Winterluft.

»Wo hast du geparkt?«, fragte er.

»Die Straße runter«, antwortete ich und deutete in Richtung meines Autos. »In der Nähe gab es keine freien Plätze, so gut besucht wie die Versammlung heute war.«

Donovan kicherte. »Ich parke gleich um die Ecke. Wie wär's, wenn ich fahre und dich nach dem Essen bei deinem Auto absetze?«

Stunden später, nachdem ich in mein Auto gestiegen war, drückte ich meine Finger auf die Lippen. Das Kribbeln von Donovans Kuss hielt die ganze Heimfahrt über an.

KAPITEL ELF

»Ohhh«, sagte ich langsam. »Sie glauben also, dass vielleicht diese Jugendlichen dafür verantwortlich sind?«

Beatrice nickte. »Ich halte das auf jeden Fall für gut möglich. Dank Ihres Einfalls, bei Isobel nachzufragen, konnte Daniel bei ihnen nachhaken. Einer der Jungen, Timmy Rogers, macht nichts als Ärger. Er ist schon ein paar Mal mit dem Gesetz in Konflikt geraten.«

»Haben Sie direkt mit Daniel darüber gesprochen?«, fragte ich.

Beatrice schüttelte den Kopf, gerade als eine Windböe über die Dorfwiese fegte. Ich zog meine Jacke enger und steckte die Hände in die Taschen, zitternd in der kalten Morgenluft.

Opal hatte mich gebeten, heute Morgen bei Beauty Bewitched vorbeizuschauen, um für eine Weile für sie einzuspringen. Wenn wir Zeit hätten, wollte sie auch die Buchhaltung besprechen. Es sah so aus, als könnte ich die Buchhaltung für die verschiedenen Geschäfte meiner Familie übernehmen. Da ich darin schließlich meinen Abschluss gemacht hatte, war ich froh, dass es zu klappen schien.

Nachdem ich mir bei Magic Beans einen Kaffee geholt hatte, war ich Beatrice auf ihrem üblichen Powerwalk begegnet. Sie zog ihren Fleeceschal enger um den Hals und antwortete: »Noch nicht. Aber Isobel hat mich natürlich auf den neuesten Stand gebracht. Ich wollte

Sie nur wissen lassen, dass Sie sich keine Sorgen mehr machen müssen, dass man Sie irgendwie versehentlich für das Feuer verantwortlich machen könnte.«

»Ich habe mir deswegen keine allzu großen Sorgen gemacht, obwohl ich es natürlich nie genieße, Gegenstand von Gerüchten zu sein. Mir tat es nur um den Baum leid.«

»Oh, und falls Sie es noch nicht gehört haben, wir haben einen ausgezeichneten Plan, wie wir damit umgehen. Ein Freund von mir, der Hexenmeister und Baumpfleger in Portland ist, kommt zu Besuch. Er wird sich mit Liam treffen, um zu besprechen, wie man den Baum am besten nach und nach wieder zu seiner alten Pracht verhelfen kann.«

»Das ist praktisch. Ich wusste, dass Liam den Baum heilen konnte, aber ich bin sicher, er wird das Feedback von einem Baumpfleger zu schätzen wissen. Praktisch, dass er auch ein Hexenmeister ist.«

Ein großer Nachteil der Magie in der modernen Welt war der Umgang mit ihr. Charm Cove hatte in den letzten Jahren ein paar zu viele aufsehenerregende Vorfälle, insbesondere die Gänseblümchen-Episode, als die ganze Stadt wegen eines dummen Zaubers, der schiefgegangen war, mit Gänseblümchen bedeckt war. Die landesweiten Nachrichten waren ein bisschen viel für uns.

»Ich bin nur froh, dass sich alles von selbst regeln wird. Es wurde zwar niemand verletzt, aber dieser Baum ist heilig«, fügte ich hinzu.

Beatrice kicherte. »Ich weiß nicht, ob ›heilig‹ das richtige Wort ist. Geliebt, vielleicht?«

Ich grinste. »Okay, ein geliebter Baum.«

Ein paar Schneeflocken wehten durch die Luft. »Es ist eiskalt, Beatrice. Beenden Sie Ihren Spaziergang, ich gehe lieber irgendwo ins Warme.«

Beatrice lächelte. »Das werde ich tun, meine Liebe. Es ist immer schön, Sie zu sehen, Juliette.« Mit einem Winken ging sie weiter und beschleunigte ihr Tempo rasch wieder.

Mit einer Hand, die meinen Kaffeebecher fest umklammerte, eilte ich über die Wiese und blickte auf, als ich den Brunnen erreichte. Zufällig stand ein anderes Paar davor. Dieses Paar kam von hier, aber sie waren weder Hexe noch Hexenmeister. Es waren Allison Stanton und Jonathon Green. Ich war mit beiden zur Highschool gegangen.

Allison quietschte auf, als Jonathan sich zu ihr hinunterbeugte und ihr etwas ins Ohr flüsterte. Normalerweise war ich nicht so neugierig, aber ich blieb stehen, denn sie waren am Brunnen und die Neugier übermannte mich.

»Ja! Ja!«, rief sie und warf ihm die Arme um den Hals. Er fing sie in einer Umarmung auf und ließ sie nach einem Moment sanft wieder herunter, während sie sein Gesicht mit Küssen übersäte.

Jonathon sah etwas verblüfft aus, als er in meine Richtung blickte. Ich lächelte. »Guten Morgen. Ich bin nur zufällig vorbeigekommen.«

Allison sah mich an und strahlte über das ganze Gesicht. »Jonathon hat mir gerade einen Heiratsantrag gemacht. Ich dachte schon, das würde nie passieren.«

Jonathons Blick sprang von mir zu ihr und wieder zurück. Er wirkte immer noch ziemlich neben der Spur. »Ich schätze, das habe ich.«

»Es ist total verrückt, Juliette. Ich hatte *gerade* einen Wunsch in den Brunnen geworfen, und dann, bumm, hat er ihn wahr werden lassen«, erklärte Allison und hakte sich bei ihm unter.

Oh je.

Ich hatte gehofft, dass die Sache mit dem Brunnen nur ein verrückter Zufall war.

»Na, dann sind wohl Glückwünsche angebracht. Ich freue mich so für euch beide«, brachte ich hervor und ignorierte die Unruhe, die in mir aufstieg. Ich war nicht unruhig, weil sie sich verlobt hatten, sondern weil ich befürchtete, dass meine Anwesenheit irgendwie dazu beitrug, dass diese Wünsche in Erfüllung gingen.

Allison strahlte wieder. »Vielen, vielen Dank!«

Eine weitere Windböe fegte über die Wiese, und der Schnee begann etwas dichter zu fallen. »Haltet euch warm und habt einen schönen Tag. Nochmals herzlichen Glückwunsch«, sagte ich, trat einen Schritt zurück und ging weiter in Richtung Laden.

Ich eilte über die Straße und atmete erleichtert auf, als ich die Tür zu Beauty Bewitched aufstieß. Der kalte, bittere Wind und ein paar Schneeflocken wehten mit mir herein. Ich blickte auf, schüttelte meine Jacke kurz aus, während ich den Reißverschluss öffnete und meinen Schal vom Hals wickelte.

Im Laden war es ruhig, also ging ich zum Tresen. »Opal«, rief ich
und spähte über die Halbtür, die in den hinteren Lagerbereich führte.

»Hallo, Juliette«, rief sie zurück, als sie ihren Kopf hinter einem
Stapel Kisten in der Ecke hervorstreckte. »Komm ruhig nach hinten,
wenn du deine Jacke aufhängen willst.« Sie deutete auf eine Haken-
leiste an der Wand neben der Tür, die zum Parkplatz draußen führte.

Ich stieß die Schwingtür auf, stellte meinen Kaffee auf ein Regal in
der Nähe, während ich aus meiner Jacke schlüpfte und sie an die
Haken neben der Tür hängte. Neben Opal blieb ich stehen und überflog die Etiketten auf den Kisten. »Inventur?«

Opal blickte von dem Klemmbrett in ihrer Hand auf und schenkte
mir ein kleines Lächeln. »Natürlich. Ich weiß, du warst schon eine
Weile nicht mehr hier, aber es wäre toll, wenn du mir ein bisschen
helfen könntest, während du für mich die Stellung hältst. Du musst
nur sicherstellen, dass der Inhalt der Kisten mit dem auf dieser Liste
übereinstimmt«, erklärte sie, hob kurz die Papiere auf dem Klemmbrett an und fächerte sie auf. »Du kannst immer eine Kiste nach der
anderen nach vorne bringen.«

»Klar«, antwortete ich. »Mit welcher soll ich anfangen?«

Opal klopfte mit ihrem Stift auf die oberste Kiste des Stapels. Ich
hob sie hoch und trug sie nach vorne, wobei ich die Tür mit der
Schulter aufstieß und die Kiste auf den Tresen schob. Opal folgte mir
mit einer weiteren Kiste, die sie hinter dem Tresen an der Wand auf
den Boden stellte.

Sie richtete sich auf und lächelte mich an. »Keine Sorge, ich werde
nicht versuchen, dich zu überreden, hier in Vollzeit zu arbeiten. Allerdings werde ich versuchen, dich dafür zu gewinnen, die Buchhaltung
für den Laden zu übernehmen. Ich habe von deiner Mutter gehört,
dass sie versuchen, dich davon zu überzeugen, im Familienunternehmen mitzuhelfen. Du hast doch deinen Master in Buchhaltung
gemacht, oder?«

»Allerdings. Ich helfe dir gerne bei der Buchhaltung hier. Was die
Übernahme bei meinen Eltern angeht, bin ich noch etwas hin- und
hergerissen, weil es eben meine Eltern sind, aber ich tendiere schon in
diese Richtung.«

Opal kicherte, hob eine Hand und strich sie über ihren strengen

Dutt. »Natürlich. Nun«, sagte sie und blickte auf ihre Uhr, »mein Arzttermin ist in fünfzehn Minuten, also muss ich los.«

Sie machte Anstalten, nach hinten zu gehen. »Opal?«

Sie blickte zurück, eine ihrer dunklen Augenbrauen hob sich. »Ja, Liebes?«

»Muss ich mir Sorgen um deine Gesundheit machen?«

»Oh, du meine Güte, nein. Das ist nur meine jährliche Vorsorgeuntersuchung. Ich weiß, nach dem Schrecken mit Lea vor zwei Jahren neigen wir alle dazu, uns schnell Sorgen zu machen«, sagte sie und bezog sich auf Leas Kampf gegen den Brustkrebs. Sie war für krebsfrei erklärt worden und schien in letzter Zeit gesund und munter zu sein.

Eine Anspannung, von der ich gar nicht gewusst hatte, dass sie in mir gesteckt hatte, ließ ein wenig nach. »Oh, gut. Ich wollte mir weder Sorgen machen noch neugierig sein, aber ich habe es trotzdem getan.«

Opal streckte die Hand aus und kniff mir tatsächlich in die Wange. »Du darfst ruhig neugierig sein, Liebes. Ich werde heute keine Zeit haben, weil ich mit dem Laden beschäftigt sein werde, sobald ich zurückkomme, aber wenn wir einen Termin für den Abend ausmachen könnten, kann ich dir alles für die Buchhaltung hier zeigen. Dann können wir das alles in die Wege leiten. Ich bezahle jeden Stundensatz, den du verlangst, also mach dir darüber gar keine Gedanken.«

Ich hatte gehofft, einen Moment Zeit zu haben, um Opal nach ihrer Meinung über den Brunnen zu fragen, aber das würde ich mir für später aufheben. Ich war tief in den Abgleich der Lieferung mit den Inventarlisten vertieft, als Lea in den Laden marschiert kam.

»Ich dachte mir schon, dass ich dich hier finden würde«, sagte sie und blieb vor dem Tresen stehen.

Ich sah zu ihr hinüber und lächelte. »Guten Morgen, Lea. Opal hat dir bestimmt erzählt, dass ich heute Morgen hier sein würde.«

Lea griff nach oben, um das knallrote Essstäbchen zurechtzurücken, das durch den Dutt auf ihrem Kopf gesteckt war. Essstäbchen waren eine ihrer bevorzugten Methoden, um ihr Haar an Ort und Stelle zu halten. Als ich klein war, lieh ich sie mir immer aus, weil ich es lustig fand. Lea lachte — weil sie gutmütig war und einen großartigen Sinn für Humor hatte — jedes Mal, wenn ich das tat. Sie schien einen endlosen Vorrat an Essstäbchen zu haben, obwohl sie meines Wissens nach nie damit aß.

»Ich wollte nur kurz vorbeischauen und Hallo sagen. Mir ist aufgefallen, dass du und Donovan nach der Bürgerversammlung zusammen weggegangen seid.«

Lea war nie jemand, der lange um den heißen Brei herumredete, um auf den Punkt zu kommen. In diesem Fall ging es um ihre Spekulationen über Donovan und mich, zumindest nahm ich das an.

Meine Lippen verzogen sich zu einem Lächeln, und ich biss mir auf die Innenseiten meiner Wangen, um nicht zu lachen. Auch wenn ich die Neugier meiner Familie nicht immer zu schätzen wusste, so war sie doch amüsant. Ich sah in Leas scharfsinnige blaue Augen und zuckte mit den Schultern. »Das haben wir wohl. Wir haben zusammen zu Abend gegessen. Das ist alles«, erklärte ich. »Du musst dir keine Sorgen um mein Liebesleben machen. Es gibt ja keine vorbestimmte Ehe für mich.«

Leas Blick wurde weicher, als sie kicherte. »Nur weil kein Zauber über deine Ehe gelegt wurde, heißt das nicht, dass ich nicht neugierig sein werde.«

Jetzt versuchte ich nicht einmal mehr, mein Lachen zurückzuhalten, und schüttelte den Kopf. »Natürlich.« Ich mochte zwar eine gewisse Toleranz für die neugierigen Tendenzen meiner Familie haben und sie, wenn ich ehrlich war, sogar teilen, aber ich würde nur bis zu einem gewissen Punkt mitspielen.

»Nun, Donovan scheint ein netter Mann zu sein«, meinte Lea mit einem anerkennenden Nicken.

»Das ist er«, erwiderte ich und achtete auf einen beiläufigen Ton.

»Er ist ziemlich gut aussehend, wenn ich das mal so sagen darf.«

Grinsend wechselte ich das Thema. »Okay, genug von meinem Liebesleben. Ich könnte eine Meinung gebrauchen.«

»Wozu denn, Liebes?«, fragte Lea, während sie eine Flasche Lotion aus der Kiste nahm, an der ich gerade arbeitete, und sie inspizierte.

»Ich bin sicher, irgendjemand hat die Sache erwähnt, die in der Nacht passiert ist, als ich mir am Brunnen etwas gewünscht habe. Ich sah ein goldenes Flackern im Wasser, wie Elektrizität, nachdem die Münze auf den Grund gefallen war«, begann ich.

Als Lea nickte, was absolut zu erwarten war, weil meine Familie nun mal so war – jeder erzählte jedem alles –, fuhr ich fort.

»Nun, nach dieser Nacht ging ich eines Tages über den Dorfplatz, und es gab zwei Vorfälle am Brunnen. Eine Frau wünschte sich, dass ihr Freund ihr einen Heiratsantrag machen würde, und das tat er auch. Ein paar Minuten später wünschte sich ein kleines Mädchen, in den Ahornsirup-Süßigkeitenladen zu gehen, und ihr Vater schlug vor, genau das als Nächstes zu tun. Bei diesem Wunsch stand ich in der Nähe und sah dasselbe kleine goldene Flackern im Wasser. Ich bin mir ziemlich sicher, dass die Mutter es auch gesehen hat. Und erst heute Morgen habe ich zwei Leute getroffen, mit denen ich zur Highschool gegangen bin und die sich verlobt haben. Allison sagte, das sei es, was sie sich gewünscht habe, und ihr Freund wirkte total abwesend. In all diesen Fällen glaube ich nicht, dass die Beteiligten Hexen oder Hexer waren. Wenn an diesem Brunnen die ganze Zeit Wünsche in Erfüllung gegangen wären, wüssten wir das, da bin ich mir sicher. Es gibt diese alte Legende, aber die soll nur für Hexen und Hexer gelten. Was ist da los? Ich kann nicht anders, als mir Sorgen zu machen.«

Lea rollte die Flasche Lotion gedankenverloren zwischen ihren Handflächen hin und her. »Ich habe definitiv keine anderen Geschichten über wahr gewordene Wünsche gehört. Deine Mutter hat mir von den ersten beiden, die du erwähnt hast, erzählt, als ich mich mit ihr auf einen Kaffee getroffen habe. Meine beste Vermutung ist, dass du, als du dir in der Nacht des Brandes etwas gewünscht hast, etwas im Brunnen ausgelöst hast. Du musst mit deiner Mutter über die Geschichte dieses Brunnens sprechen. Ich weiß, dass du dir Sorgen machst, aber was Magie angeht, ist das eine von der lustigen Sorte.«

»Solange sich niemand wünscht, dass etwas Schlimmes passiert.«

Lea schürzte die Lippen und trommelte mit ihren Fingerspitzen auf die Theke. »Stimmt. In all den Jahren, in denen ich weiß, dass dieser Brunnen angeblich magische Kräfte haben soll, habe ich noch nie gehört, dass ein böser Wunsch in Erfüllung gegangen ist. Wie dem auch sei, ich würde sagen, du solltest diesen Brunnen meiden und mit deiner Mutter reden. Wenn etwas ausgelöst wurde, bin ich sicher, dass sie herausfinden kann, was wir tun müssen, um es rückgängig zu machen.«

KAPITEL ZWÖLF

»Na, was hast du herausgefunden?«, fragte ich und beugte mich vor, um meine Teetasse vom Küchentisch zu nehmen.

Es war spät und mein Vater war bereits nach oben gegangen, um zu lesen. Meine Mutter und ich hatten es uns zur Gewohnheit gemacht, vor dem Schlafengehen zusammen einen Tee zu trinken. Wir saßen gemütlich am Küchentisch, während der Holzofen in der hinteren Ecke den Raum warm und behaglich hielt, draußen der Wind heulte und der Schnee gegen die Fenster schlug.

»Ich bin wirklich froh, dass du fragst. Ich habe ein paar interessante Dinge erfahren. Die Hexe, die den Wunschzauber auf den Brunnen gelegt hat, war deine Großtante vierter Generation, Emeline Good. Ihre Mutter war eine der beiden Hexen, die die Warnung vor dem, was in Salem kommen sollte, ausgesprochen hatten«, begann meine Mutter.

Sie bezog sich auf die Ereignisse, die die Familien Wicked und Good an die Küste von Maine gebracht hatten. Unsere Familien hatten sich ursprünglich von verschiedenen Teilen Europas aus in Salem, Massachusetts, niedergelassen. Wir waren im Vorfeld der damaligen Hexenhysterie aus Salem weggezogen, einzig und allein aufgrund einer Warnung von zwei Hexen, die die drohende Gefahr vorausgesehen hatten.

Die lange Wanderung die halbe Küste von Maine hinauf führte schließlich zur Gründung der Stadt Charm Cove. Viele Hexen und Hexer sind immer noch hier, nachdem andere Familien im Laufe der Jahrhunderte hierher gefunden hatten, alle auf der Suche nach einem sicheren Ort.

Meine Mutter hielt inne, um an ihrem Tee zu nippen, ihre Augen glänzten. Sie begeisterte sich sehr für Geschichte. »Sie kam also aus gutem Hause«, neckte ich sie.

Meine Mutter grinste. »Das kann man wohl sagen. Jedenfalls war der Brunnen, als sie den Zauber wirkte, noch ein Pferdetrog.« Sie hielt inne und blickte auf ihre Notizen.

Hexen und Hexer verließen sich auf Aufzeichnungen aus Papier und nutzten keine Online-Archive zur Aufbewahrung. Das galt als viel zu riskant. Meine Mutter hatte selbst mehrere Bücher über Hexengeschichte geschrieben, keines davon war wohlgemerkt offiziell veröffentlicht worden. Unnötig zu erwähnen, aber wir würden doch keine echte übernatürliche Geschichte in die Welt hinausposaunen, damit die Öffentlichkeit sie konsumiert.

Ungeduldig spornte ich sie an. »Abgesehen von der Hexe, die den Zauber gewirkt hat, gibt es eine Ahnung, was in dieser Nacht passiert sein könnte?«

»Ich glaube, ich weiß es. Diese Hexe hatte auch elektrische Kräfte. Diese Kräfte liegen in unserer Familie, aber sie sind nicht üblich. Sie sind so schwierig zu erlernen. Wie du ja nur zu gut weißt«, fügte meine Mutter mit einem vielsagenden Blick in meine Richtung hinzu.

Ich brauchte keine Erinnerung meiner Mutter an meine Schwierigkeiten, den Umgang mit meinen Kräften zu lernen, obwohl ich erleichtert war, dass sie ihre Sorge, ich hätte etwas damit zu tun, dass der Baum Feuer gefangen hatte, fallen gelassen hatte.

Ich machte eine auffordernde Geste mit der Hand und meine Mutter schaute wieder auf ihre Notizen. »Also gut, es war ihr Zauber, also gab es jedes Mal, wenn sie am Brunnen vorbeikam, ein elektrisches Schimmern im Wasser. Nur bei ihr. Eine Sache, die ich nie wusste, bis ich nachgeforscht habe, ist, dass dort nur gute oder harmlose Wünsche in Erfüllung gehen können.«

Ich trank meinen Tee aus und kommentierte: »Das ist eine Erleichterung. Lea und ich haben uns genau das heute gefragt.«

»Oh, definitiv. Ich hatte nicht viel darüber nachgedacht, aber es wäre ein Chaos, wenn Leute sich schlechte Dinge wünschen könnten, die dann wahr werden«, antwortete meine Mutter mit einem leichten Schaudern. »Wie auch immer, es gibt nur einen einzigen anderen dokumentierten Fall, in dem ein Wunsch für jemanden wahr wurde, der keine Hexe oder kein Hexer war. Zwei Generationen später hatte eine andere Hexe sich ein Kind gewünscht, und es stellte sich heraus, dass ein Paar in der Nähe neun Monate später ein Baby bekam. Die Hexe übrigens auch. Ich schätze, dein Wunsch hatte etwas mit Heiraten zu tun.«

Ich spürte, wie meine Wangen heiß wurden, und verdrehte die Augen. »Mein Wunsch war es, jemanden kennenzulernen, der kein Arschloch ist. Du vergisst einen der Wünsche, den von dem kleinen Mädchen, das sich gewünscht hat, in den Ahornsirup-Süßigkeitenladen zu gehen.«

Die Stirn meiner Mutter legte sich in Falten, und Sorge trat in ihren Blick, als sie über den Tisch schaute. »Hat dich jemand schlecht behandelt? Ich erwarte, dass du mir alles erzählst«, sagte sie bestimmt.

Ich trank meinen Tee aus und zuckte leicht mit den Schultern. »Ach, Mom. Kein Grund, sich verrückt zu machen. Ich hatte nur kein Glück in der Liebe. Der letzte Kerl, in den ich ein bisschen verknallt war, hat sich als Idiot entpuppt.«

Ich würde ihr sicher nicht von dem Vorfall erzählen, als er mich dabei erwischte, wie ich mit Magie eine Lampe reparierte. Darüber brauchte ich keine Standpauke. Lektion gelernt.

»Ach, Schatz, der richtige Mann wird schon noch kommen. Und wenn meine Quellen stimmen, hast du ihn vielleicht schon gefunden.« Dazu kräuselten sich ihre Lippen zu einem verschmitzten Lächeln.

»Wir waren nur zusammen essen, Mom.«

Ich mochte Donovan ja, aber zwei Verabredungen zum Abendessen bedeuteten noch lange kein Happy End.

Sie seufzte. »Natürlich.« Mit einem weiteren Blick auf ihre Notizen fügte sie hinzu: »Zurück zum eigentlichen Thema. Ich denke, was auch immer mit dir und dem Brunnen los ist, ist angesichts der Geschichte harmlos.«

»Mag sein, aber ich finde es seltsam und würde es gerne rückgängig machen.«

Meine Mutter lächelte sanft. »Ich glaube nicht, dass du es rückgängig machen kannst.« Nach einem Schluck Tee überflog sie erneut ihre Notizen. »Demnach ließen die Effekte aber nach. Ich könnte mir vorstellen, dass es einfach verblasst, wenn du dich nicht ständig in der Nähe des Brunnens aufhältst. Ich habe auch nachgesehen, wie viele Hexen und Hexer im Laufe der Jahre Wünsche erfüllt bekamen. Es war ziemlich sporadisch. Alles in allem würde ich sagen, der Zauber ist nicht besonders mächtig und ein bisschen zufällig.«

»Ich bin zumindest erleichtert zu wissen, dass ich mir keine Sorgen machen muss, dass schlechte Wünsche wahr werden. Das ist das Letzte, was wir brauchen.«

Ich fuhr mit der Fingerspitze über den Rand meiner Tasse, während meine Mutter ihren Notizblock schloss und ihn an die Seite des Tisches legte. Ein nagender Gedanke hatte sich in mir festgesetzt, also dachte ich, ich könnte ihn genauso gut ansprechen. »Ich weiß, ich habe in der ersten Nacht etwas empfindlich reagiert, als du gefragt hast, ob irgendein Zauber mit meinen Kräften schiefgegangen ist, aber ich mache mir schon ein bisschen Sorgen, dass meine Kräfte eine Art Kettenreaktion ausgelöst haben könnten.«

Meine Mutter war ein paar Augenblicke lang still und nahm einen langsamen Schluck Tee. In dem Moment, als meine Frage ausgesprochen war, durchströmte mich ein Gefühl der Erleichterung.

»Genau darüber habe ich mir Sorgen gemacht, als du mir von dem Schimmern im Wasser erzählt hast, also habe ich nachgeforscht. Ehrlich gesagt glaube ich nicht, dass du das verursacht haben könntest. Du warst zu weit vom Baum entfernt. Falls es dich beruhigt: Ich habe dir vertraut. Elektrische Kräfte sind nur einfach so unberechenbar und so mächtig.«

»Na ja, ich bin froh zu hören, dass du mir vertraut hast. Aber trotzdem, welche anderen Möglichkeiten gäbe es denn?«

»Angesichts deiner Position im Verhältnis zum Baum wäre die einzige Möglichkeit, dass jemand anderes mit elektrischen Kräften dieses winzige bisschen Elektrizität von deinem Wunsch am Brunnen ableiten konnte. Aber soweit wir wissen, sind diese Jugendlichen die Hauptverdächtigen. Keiner von ihnen hat elektrische Kräfte.«

»Was wissen wir sonst noch über sie? Ich habe nicht viel darüber gehört.«

Meine Mutter zuckte mit den Schultern. »Sie waren in dieser Nacht auf jeden Fall auf dem Dorfplatz, und Daniel kümmert sich darum. Ehrlich gesagt ist die logischste Erklärung, dass ein paar Jugendliche irgendeinen Blödsinn gemacht haben. Falls du ihn noch nicht gesprochen hast: Liam war heute schon draußen und hat angefangen, einige der Äste zu reparieren. Bis zum Frühling wird der Baum wieder ganz der Alte sein.«

»Na, Gott sei Dank.«

»Übrigens«, fügte meine Mutter hinzu, »danke, dass du neulich bei der Bürgerversammlung warst. Da du über die Jahre nichts mit der Verwaltung der Räumungsverträge zu tun hattest, warst du das sicherste Familienmitglied, das dort hingehen konnte. Ich habe gehört, es ging ziemlich hitzig zu.«

Ich lachte leise. »Oh ja. Es ist schon eine Weile her, dass ich bei so etwas war. Ich hatte vergessen, wie aufregend das sein kann.«

Meine Mutter verdrehte die Augen. »Kleinstadtversammlungen sind oft dramatischer als die in Großstädten. Bei all den Gefühlen und Meinungen, die sich im Raum drängen, kann das schon spannend werden. Apropos, Opal hat mir gegenüber erwähnt, dass sie mit dir darüber gesprochen hat, die Buchhaltung für ›Beauty Bewitched‹ zu übernehmen.«

»Mom, du musst nicht so tun, als hätte sie nicht schon mit dir darüber gesprochen, bevor sie es überhaupt bei mir angesprochen hat«, sagte ich und verdrehte ebenfalls die Augen.

Meine Mutter seufzte, und ein Grinsen huschte über ihre Lippen. »Schön. Ja, ich habe ihr vorgeschlagen, dich zu fragen. Dein Vater und ich haben versucht, uns zurückzuhalten und dich nicht unter Druck zu setzen, was deine Zukunft angeht. Wir würden uns riesig freuen, wenn du die Buchhaltung für das Geschäft deines Vaters übernehmen würdest. Hast du schon mal darüber nachgedacht?«

Gott hab meine Mutter selig. Sie versuchte *so* sehr, keinen Druck auszuüben, und scheiterte meistens daran. Die Wahrheit war, dass ich Buchhaltung liebte und einen Job brauchte.

Ich stützte einen Ellbogen auf den Tisch, legte mein Kinn in die Hand und nickte. »Das habe ich, und ich würde es sehr gerne machen. Zuerst war ich eingeschüchtert bei dem Gedanken daran, zwischen den Investitionen und all den Nebengeschäften, um die Papa sich kümmert, wie der Winterdienstvertrag. Ich hatte Sorge, dass das gleich meine erste Aufgabe sein würde. Ganz zu schweigen davon, dass ich, wenn ich das mache, nicht mehr viel anderes tun kann. ›Beauty Bewitched‹ könnte ich zwar schaffen, aber das gehört ja technisch gesehen sowieso zu unseren Geschäften.«

Meine Mutter strahlte und klatschte leise in die Hände. »Oh, das ist einfach perfekt! Dein Vater wird begeistert sein. Und du hast recht, es ist viel. Aber du wirst es nicht allein machen. Da du mit allem so vertraut bist, hast du bereits einen Vorsprung, was das Verständnis der Logistik angeht.«

»Ich bin froh, dass du dich so darüber freust«, sagte ich schließlich. »Apropos Buchhaltung, Dana verwaltet die Konten für euch alle schon seit, was? Zwanzig Jahren?«

»Ungefähr, und sie ist mehr als bereit, in Rente zu gehen. Sie würde dir gegenüber nie ein Wort darüber verlieren, aber sie hat gehofft, dass du einspringst, wenn sie aufhören will, seit du dich für dieses Förderprogramm für deinen Masterabschluss angemeldet hast.«

»Das hättest du mir auch früher sagen können, Mom. Ich wusste nicht, dass sie in Rente gehen will.«

»Wir wollten ehrlich, dass es deine Entscheidung ist. Ich bin einfach nur erleichtert, dass du diese Entscheidung getroffen hast«, fügte sie mit einem weiteren breiten Lächeln hinzu.

KAPITEL DREIZEHN

»Glaubst du wirklich, dass diese Kinder es irgendwie geschafft haben, den Baum in Brand zu stecken?«, fragte ich.

Daniel saß mir gegenüber und blätterte ein paar Seiten mit Notizen auf seinem Schreibtisch durch. Er schaute auf und zuckte mit den Schultern. »Das ist es, was zwei von ihnen mir sagen.«

»Glaubst du ihnen?«

»Ehrlich gesagt, Juliette, das ist schwer zu sagen. Ich gehe der Sache gerne nach, aber ich werde nicht tausend Spuren verfolgen. Ich verstehe, dass es bei euch Hexen und Hexenmeistern immer um das Übernatürliche geht, aber manchmal sind die Dinge einfach nur Unfälle.«

Die Tatsache, dass der Polizeichef von Charm Cove mit einer Hexe verheiratet war, war ziemlich praktisch. Daniel war ziemlich tolerant, wenn wir unsere Nasen in seine Ermittlungen steckten, und geduldig mit den Wendungen, die die Magie nehmen konnte.

»Ich verstehe. Das ergibt Sinn. Ich bin auf jeden Fall erleichtert, dass ich keine Verdächtige mehr bin.«

Daniel legte seinen Stift ab. »Juliette, ich kenne dich seit der Grundschule und du bist eine von Zoes engsten Freundinnen. Ich habe dich nie verdächtigt. Es ist nur ...«

Ich warf ein: »Schon klar. Du musstest mich als Verdächtige ausschließen.«

Daniel neigte den Kopf. »Allerdings. Aber zurück zu meinem Punkt. Ich werde sehen, wohin mich das führt, und dann die Sache abschließen. Diese Kinder hatten Unfug im Sinn, und das ist nicht das erste Mal. Ich werde noch ein paar Fragen stellen, um das zu bestätigen, aber es klingt so, als hätten sie mit Feuerwerkskörpern gespielt und dabei versehentlich etwas in Brand gesetzt. So einfach ist das.«

Ich nickte und lehnte mich in meinem Stuhl zurück. »Also gut. Hoffen wir, dass es damit erledigt ist. Apropos Zoe, kommt das Baby nicht jeden Tag?«

»Oh ja. Wir wollen uns nicht auf ein bestimmtes Datum festlegen, weil Zoe meinte, das mache sie nervös. Es könnte jeden Tag so weit sein. Ich bin bereit. Wir freuen uns so sehr darauf, dass er endlich da ist«, sagte Daniel mit einem Lächeln.

»Das glaube ich dir. Du weißt ja, dass ihr schon jede Menge Babysitter habt, die Schlange stehen.«

Daniel kicherte, genau in dem Moment, als das Telefon auf seinem Schreibtisch klingelte. Er blickte auf das Telefon und bemerkte: »Da muss ich rangehen. Danke für deinen Besuch.«

Nach meinem Besuch auf der Polizeiwache ging ich den Charming Way hinunter, um bei Moira vorbeizuschauen. Ich wollte ihr von Daniels Neuigkeiten berichten, aber ich konnte auch etwas Zeit mit einer Freundin gebrauchen, die nicht meine Mutter war. Ich liebte meine Mutter über alles, aber ihre Sicht auf mein Leben war voreingenommen. Selbst die objektivste aller Mütter konnte nicht objektiv sein, wenn es um ihre eigenen geliebten Kinder ging.

Das skurrile lila Schild von Persnickety Potions & Gifts stach vor dem grauen Winterhimmel hervor. Ich trat ein und genoss die Wärme, als die Tür hinter mir ins Schloss fiel. Ich sah mich um und bemerkte, dass die Zwillinge vorne mit Kunden beschäftigt waren und Moira an der Kasse zu tun hatte.

Ich nahm mir einen Augenblick Zeit, um durch den Laden zu schlendern. Die berühmten Bettelarmbänder des Geschäfts waren in einer Glasvitrine ausgestellt, schlicht, aber elegant. Die Kunden wählten die Anhänger aus, die an die Armbänder gehängt werden sollten, und konnten zwischen Optionen wie einem kleinen silbernen Buch, einem Baum, einem Vogel, einer Vielzahl von Tieren, Musiksymbolen und mehr wählen. Was sie nicht wussten, war, dass die Bettelarmbänder tatsächlich verzaubert waren. Gegenstände zu bezaubern war ein ziemlich einfacher Zauber, und fast jede Hexe konnte ihn ausführen.

Meine Cousine Celia trat an meine Seite. Mit dem glänzenden dunklen Haar, den leuchtend blauen Augen und den runden rosa Wangen der Zwillinge waren sie schwer auseinanderzuhalten, wenn man sie nicht kannte. Während Delia rosa Magie hatte, war Celias Magie lavendelfarben, und sie kleideten sich passend zu ihrer Magie. Manchmal war es nur ein Hauch. Heute hatten Celias baumelnde Silberohrringe winzige lavendelfarbene Schleifen.

»Warum holst du dir nicht dein eigenes Bettelarmband?«, neckte sie mich.

Ich blickte auf und verdrehte die Augen. »Ich habe schon eins.«

Delia ging an uns vorbei, als sie eine Kundin zur Kasse begleitete. »Hi, Juliette. Wie geht's?«

»Ganz gut.«

Celia wurde abgelenkt, als die Glocke über der Tür erneut läutete, also machte ich mich auf den Weg zur Seite des Ladens.

»Danke für Ihren Besuch«, rief Moira, als eine Gruppe von Kunden mit Tüten in der Hand den Laden verließ.

Ich wandte mich der Kasse zu und winkte. »Hallo. Ich dachte, ich schaue mal vorbei.«

Da an der Kasse gerade eine Pause war, kam Moira hinter dem Tresen hervor und gesellte sich zu mir. »Gibt es Neuigkeiten?«, fragte sie sofort.

»Tatsächlich, ja. Ich war gerade auf der Polizeiwache. Nicht, dass viel dabei herauskommen wird, aber Daniel hat gesagt, zwei der Kinder hätten berichtet, dass sie mit Feuerwerkskörpern gespielt haben.«

»Oh«, sagte Moira und stemmte eine Hand in die Hüfte. »Glaubt er, dass das den Brand ausgelöst hat?«

»Er geht dem nach, aber er sagte, es klingt nach einem Unfall. Er meinte, sie hätten herumgespielt und dabei versehentlich die Lichter am Baum in Brand gesetzt.«

Moira sah mich an. »Du glaubst das nicht.«

Ich seufzte. »Ich weiß es nicht, aber ich habe keinen Grund, es nicht zu tun.«

Celia und Delia verabschiedeten die Kunden, denen sie geholfen hatten, mit einem Winken und kamen zu uns herüber. Moira blickte zwischen den Zwillingen hin und her. »Was habt ihr gehört, Mädels?«

»Wegen des brennenden Baumes?«, fragte Delia.

»Nichts, außer was wir von euch allen gehört haben«, sagte Celia schnell. »Warum fragst du uns?«

»Denn wenn diese Kids etwas damit zu tun hatten, kann ich mir gut vorstellen, dass in der Schule jemand etwas ausgeplaudert hat. Solche Dinge lassen sich nur schwer geheim halten.«

Delia und Celia sahen zwischen uns hin und her. »Wir haben nichts gehört«, sagte Delia.

Celia rümpfte die Nase. »Dann glaube ich das nicht. Denn Moira hat recht. Dann würde geredet werden. Außerdem kann Timmy Rogers bei nichts seine Klappe halten. Wenn er irgendetwas mit diesem Feuer zu tun gehabt hätte, glaub mir, dann hätte schon jemand davon gehört.«

»Wir können in der Schule ja mal ein bisschen herumschnüffeln«, bot Delia an.

»Ich nehme an, davon ist wohl auszugehen, nachdem wir euch darauf angesprochen haben«, kommentierte Moira mit einem Augenzwinkern.

Ein Windstoß fegte durch die Tür, als eine Gruppe von Kunden hereinkam. »Ich lasse euch dann mal weiterarbeiten«, sagte ich und trat einen Schritt zurück, als Moira die Gruppe begrüßte und wieder zur Kasse ging.

Ich trat hinaus in den winterlichen Tag und überquerte die Straße zum Stadtpark. Ich wollte mir ansehen, was Liam an der Balsamtanne gemacht hatte. Ich blieb davor stehen und blickte nach oben. Bei genauerem Hinsehen entdeckte ich ein paar Äste, die er bereits wiederhergestellt hatte. Glücklicherweise war der Hauptstamm nicht zu stark verbrannt.

Danach bog ich in die Seitenstraße ein, in der ich geparkt hatte. Aus dem Augenwinkel nahm ich eine Bewegung auf dem städtischen Parkplatz wahr. Er befand sich zwischen zwei alten Backsteingebäuden, und normalerweise wurden dort die städtischen Fahrzeuge abgestellt.

Obwohl ich hätte schwören können, eine Bewegung gesehen zu haben, war bei erneutem Hinsehen nichts zu entdecken. Ein loses Blatt Papier wehte über den Bürgersteig vor dem Parkplatz. Während ich es beobachtete, gab es einen hellen silbernen Blitz hinter einem der Schneepflüge.

Ich erstarrte. Ich wusste *ganz genau*, was das war. Jemand mit elektrischen Kräften sprach einen Zauber. Ein ziemlich mächtiger Zauber, wenn man bedachte, wie deutlich ich den elektrischen Blitz sehen konnte.

Ich widerstand dem Drang, sofort nachzuforschen. Ich hielt das für keine gute Idee. Obwohl meine Kräfte beachtlich waren, waren es die der Person, die diesen Zauber sprach, ebenfalls.

Ich trat an die Ecke des Gebäudes und wartete, meine Augen auf den hinteren Teil des Parkplatzes gerichtet, wo ich die Elektrizität hatte herkommen sehen. Nach einem langen Moment gab es einen weiteren Blitz. Ich sah genau, wie er in den Motorblock eines der Schneepflüge einschlug. In den nächsten Minuten wirkte die Person, wer auch immer es war, weitere Zauber, die auf alle Schneepflüge der Stadt abzielten.

Ich wartete, bis die Zauber aufgehört hatten und es einige Augenblicke lang still gewesen war, bevor ich weiterging. Ich ging in die entgegengesetzte Richtung, in die ich eigentlich musste, weil ich nicht an der Einfahrt zum städtischen Parkplatz vorbeigehen wollte.

Ich wusste nicht, mit wem ich zuerst sprechen sollte. Meine Neigung war, noch einmal bei Moira vorbeizuschauen, aber als ich durch die Fenster von Persnickety Potions & Gifts blickte, war der Laden überfüllt. Ich schrägte wieder über den Park, achtete sorgfältig darauf, dem Brunnen nicht zu nahe zu kommen, damit nicht zufällig jemand beschloss, sich etwas zu wünschen, und ging hinüber zu Beauty Bewitched.

Als ich durch die Tür trat, bediente Opal gerade eine Kundin. »So, dann wünsche ich Ihnen einen schönen Nachmittag. Halten Sie sich warm. Ich habe gehört, wir sollen heute Abend noch mehr Schnee bekommen«, sagte sie, als die Kundin lächelte und sich abwandte.

Sobald die Tür hinter der Kundin zugeschwungen war, eilte ich zum Tresen. »Sag mir, welche Hexen und Hexer in der Stadt elektrische Kräfte haben.«

Opal zog eine Augenbraue hoch, während sie etwas auf der Tastatur ihrer Kasse tippte. »Na, nicht mal Hallo sagen. Wie geht es dir, Juliette?«

»Mir geht es gut. Entschuldigung. Schön, dich zu sehen. Wie geht es dir heute?«

Opal schenkte mir ein kleines Lächeln. »Ganz gut. Um deine Frage zu beantworten: nicht sehr viele. Soweit ich weiß, gibt es dich und dann noch ein paar andere in den verschiedenen Zweigen der Familie Good. Nicht allzu viele Familien haben diese spezielle Kraft. Warum fragst du? Und warum hast du es so eilig?«

Ich holte tief Luft und stieß sie kräftig wieder aus. »Ich bin gerade am städtischen Parkplatz vorbeigegangen – du weißt schon, der, wo sie die Schneepflüge zwischen den beiden alten Gebäuden abstellen?« Als Opal nickte, fuhr ich fort: »Ich habe einen elektrischen Zauber hinter einem der Schneepflüge hervorkommen sehen. Ich konnte nicht erkennen, wer ihn gewirkt hat, aber er ging direkt auf die Motorhauben aller städtischen Schneepflüge. Ich wollte dorthin gehen und nachsehen, wer es war, aber ich bin mir ziemlich sicher, dass sie versucht haben, die Fahrzeuge zu beschädigen. Ich glaube nicht, dass sie freundlich darauf reagiert hätten, wenn ich herumgeschnüffelt hätte.«

Eine Falte bildete sich zwischen Opals Brauen, als sie mich ansah. »Ich schlage vor, du rufst sofort Daniel an. Sag ihm Bescheid, damit er nachsehen kann, was da los ist. Ich würde dir auch raten, so schnell wie möglich mit deiner Mutter zu sprechen. Wenn jemand herausfinden kann, wer sonst noch diese Kraft haben und sie verborgen gehalten haben könnte, dann sie.«

Ich zog mein Handy aus der Handtasche und rief sofort Daniel an. Nachdem ich ihn ins Bild gesetzt hatte, drang sein Seufzer durch die Telefonleitung. »Ich fahre da runter und sehe mir die Sache an. Ich gehe mal davon aus, dass derjenige inzwischen verschwunden ist. Ich muss vorsichtig sein, wie ich das dokumentiere, wenn du mir sagst, du hast einen Zauber beobachtet. Wir können in unseren offiziellen Unterlagen nichts über Magie stehen haben.« Ich konnte seine schnellen Schritte hören, während er sprach, und vermutete, dass er gerade auf dem Weg aus der Polizeiwache war.

»Ich weiß, ich weiß. Nach dem, was ich gesehen habe, vermute ich, dass du deine Beweise haben wirst, wenn die Schneepflüge beschädigt sind.«

Während ich mit Daniel sprach, kamen noch ein paar weitere Kunden in Beauty Bewitched. Opal bedeutete mir, in den hinteren Teil des Ladens zu gehen. Ich huschte um den Tresen in den Lagerraum. Nachdem ich das Gespräch beendet hatte, ließ ich Opal wissen, dass ich durch den Hinterausgang ging.

Als Nächstes stand das Gespräch mit meiner Mutter an, aber ich plante, persönlich mit ihr zu plaudern. Nachdem ich mein Auto gestartet hatte, prüfte ich mein Handy und fand eine Nachricht von Donovan.

Bleibt es heute Abend beim Abendessen?

Meine Daumen schwebten über dem Bildschirm, denn ich wollte wirklich mit Donovan zu Abend essen. Ein Blick auf die Uhr meines Armaturenbretts verriet mir, dass ich noch mehrere Stunden Zeit hatte. So sehr ich mir auch wünschte, die Sache mit den elektrischen Zaubern sofort irgendwie zu klären, so war es doch die Realität, dass meine Mutter etwas Zeit brauchen würde, um die Geschichte der Kräfte zu erforschen, Daniel seine Ermittlungen durchführen würde und ich warten musste. Ich tippte meine Antwort.

Natürlich.

Sag mir wo und wann. Nach sechs Uhr passt es jederzeit.

KAPITEL VIERZEHN

»Okay, also wenn ich das richtig verstehe«, begann Donovan. »Wir glauben, dass jemand anderes heimlich elektrische Kräfte hat und alle Schneepflüge der Stadt beschädigt hat?«

Ich nahm einen Schluck von meinem Wein und nickte. »Ja. Das fasst es so ziemlich zusammen.«

Moira beugte sich vor und hob eine Platte in der Mitte des Esstisches an. Wir aßen bei ihr und Liam zu Abend. Nachdem sie sich bedient hatte, nahm ich ihr die Platte ab und löffelte mir mehr von dem Spinat-Artischocken-Dip auf meinen Teller. Während die Platte am Tisch herumging, fragte Moira: »Hat deine Mutter irgendeine Ahnung, wer das sein könnte?«

»Sie schaut nach, welche Familien elektrische Kräfte haben. Die Sache ist die, elektrische Kräfte sind nicht gewöhnlich. Überhaupt nicht. Abgesehen von unserer Familie gibt es vielleicht noch ein oder zwei andere Familien, in denen sie bekanntermaßen vorkommen, darunter eine mit kaum Nachkommen. Meine Mutter gräbt ein wenig, um herauszufinden, ob irgendwelche entfernten Verwandten hier gelandet sind.«

Donovan schüttelte den Kopf. »Es ist wirklich interessant, wieder in Charm Cove zu sein. Ich kann mir gar nicht vorstellen, wie Daniel bei seinen Ermittlungen mit solchen Dingen umgeht.«

Liam grinste, nachdem er einen Bissen zu Ende gekaut hatte. »Oh, er ist daran gewöhnt. Es hilft, dass er eine Hexe geheiratet hat, deshalb hält er uns nicht alle für verrückt.«

»Anna Goodness ist auch eine Hexe«, fügte ich hinzu und bezog mich dabei auf die hauptsächliche Empfangsdame und Gerichtsreporterin der Polizeiwache.

»Ich habe immer mehr den Verdacht, dass das alles auf John Corey zurückführt.«

Donovan nickte. »Nach dieser Bürgerversammlung ist es offensichtlich, dass er ziemlich übellaunig wegen der Situation ist. Er scheint auch nicht ganz bei Trost zu sein, um es mal so auszudrücken.«

Ich mischte mich ein. »Definitiv nicht. Nicht, dass ich ihn jemals gut gekannt hätte. Aber er war in jener Nacht auf dem Bürgersteig so seltsam. Bei der Versammlung schien es nicht so, als würde er ganz verstehen, warum die Leute wegen der Straßen verärgert sind.«

»Wir werden einfach abwarten müssen. Hoffentlich findet deine Mutter etwas, das Daniel helfen kann. Ohne das werden wir nicht herausfinden können, wer diese elektrischen Zauber gewirkt hat, es sei denn, sie haben Überwachungskameras auf dem städtischen Parkplatz«, kommentierte Moira.

»Oh, du kennst doch unsere Mutter«, warf Liam mit einem Grinsen ein. »Sie *wird* herausfinden, wer es war. Selbst wenn es eine Weile dauert.«

»Was genau ist die Gabe deiner Mutter?«, fragte Donovan.

»Es geht nicht nur um ihre Gabe, aber sie hilft. Sie ist Genealogin, speziell für Hexen und Hexenmeister. Sie hat Unmengen an Büchern und Stammbäumen und so weiter. In ihrem Fall geht es nicht nur darum zu wissen, wer mit wem verwandt ist, sondern sie kann Gaben und Zauber über Generationen zurückverfolgen. Sie hat die schriftlichen Aufzeichnungen und pflegt sie akribisch, aber sie hat auch die Fähigkeit, diese Informationen zu nutzen, um in die Vergangenheit zu blicken. Sie kann es nicht ohne etwas, das sie leitet, aber wenn sie die Führung hat, kann sie ihr in die Vergangenheit folgen«, erklärte ich.

Donovans Brauen zuckten nach oben. »Aha. Na, dann ist es ja gut, dass sie Geschichte mag.«

Liam kicherte. »›Mag‹ trifft es nicht ganz. Bei ihr ist es eher eine Besessenheit.«

Das Gespräch ging weiter, während wir zu Ende aßen. Liam und Donovan unterhielten sich über die Renovierungsarbeiten an Donovans Elternhaus und die Pläne seiner Eltern, im Laufe des nächsten Jahres wieder hierherzuziehen. Als wir aufbrachen, hatte es zu schneien begonnen. Die bedrohlichen Wolken von vorhin ließen nun in stetigem Tempo Schnee fallen.

Donovan sah zu mir, als wir bei unseren Autos ankamen. »Wie weit musst du fahren?«, fragte er.

»Nur ein paar Meilen, und du musst dir keine Sorgen machen. Ich fahre in den Wintern von Maine, seit ich Auto fahren darf.«

Wir standen nebeneinander hinter unseren Autos. Seine Mundwinkel zuckten. »Ich habe volles Vertrauen in deine Fahrkünste, aber ich kann mir trotzdem Sorgen um das Wetter machen.«

Bevor ich eine Antwort formulieren konnte, neigte er den Kopf, streifte mit seinen Lippen meine und sandte einen heißen Schauer durch mich hindurch. Als er sich zurückzog, fügte er hinzu: »Ich glaube, wir fahren in dieselbe Richtung, also hoffe ich, du nimmst es mir nicht übel, wenn ich hinter dir herfahre.«

Ich lächelte. »Natürlich nicht. Wir sollten uns aber beeilen, denn der Schneefall wird stärker«, sagte ich, während ich in den Himmel blickte. Die Schneeflocken fielen rasch und trafen auf meine Wangen.

Wenige Minuten später fuhr ich die Straße von Moira und Liams Haus entlang. Der fallende Schnee verdeckte Donovans Scheinwerfer hinter mir. Mit meinen Scheinwerfern, die den sich schnell türmenden Schnee vor mir beleuchteten, sagte ich voraus, dass bis zum Morgen mindestens dreißig Zentimeter liegen würden.

Von vorne war das deutliche Geräusch eines Schneepflugs zu hören, der die Straße herunterkam. Die hohen Scheinwerfer kamen in Sicht, zusammen mit dem tiefen Grollen des großen Fahrzeugs. Ich verlangsamte vorsichtig und fuhr an den Straßenrand, um sicherzustellen, dass der Schneepflug genug Platz zum Vorbeifahren hatte.

Verwirrt sah ich zu, wie das Fahrzeug direkt neben mir zum Stehen kam.

Der Fahrer kurbelte das Fenster herunter, und ich erkannte John Corey. Da ich dachte, er brauche vielleicht etwas, kurbelte ich mein eigenes Fenster herunter, nur um erschrocken aufzuschrecken, als er seine Hand hob. Ich sah zu, wie ein silberner Strahl von seinen Fingerspitzen schoss, der auf die Äste des Baumes gerichtet war, die über die Straße ragten.

Wie erstarrt schrie ich auf, als ich sah, wie ein großer Ast herabfiel. Gerade als ich dachte, er würde auf das Dach meines Autos krachen, ruckte er nach vorne, landete auf der Motorhaube, beulte sie ein und rollte dann zur Seite. Als ich zurückblickte, sah ich Donovan auf mein Auto zuschreiten, sein Blick auf John gerichtet.

John sprach einen weiteren Zauber in Richtung des Baumes. Ein weiterer Ast fiel herab, den Donovan erneut beiseite schaffte, dieses Mal fast augenblicklich. Der Ast wirbelte zwischen die Bäume und schlug mit einem Krachen auf dem Boden auf.

Donovan schrie etwas durch den Schnee. John gab Gas und fuhr weiter.

Ich beugte mich aus dem offenen Fenster und fragte: »Bist du okay?«

Donovan machte ein paar Schritte, blieb direkt neben meinem Auto stehen und beugte sich herunter. Sein Haar war feucht von dem fallenden Schnee. »Mir geht's gut. Bist *du* okay?«

»Dank dir, ja.«

Sein Blick wanderte über mein Gesicht, bevor er nickte. »Das war seltsam. Ich weiß nicht, warum der Typ es auf dich abgesehen hat, aber er hat es. Ich habe Daniel schon angerufen. Ich bin nicht sicher, was er tun kann, aber er ist auf dem Weg.«

KAPITEL FÜNFZEHN

»Okay, okay, immer mit der Ruhe«, sagte ich und hob beschwichtigend die Hände.

Celia, die ohne Punkt und Komma geredet hatte, hielt inne und atmete tief durch. Delia mischte sich ein. »Celia wollte damit sagen, dass Timmy mit Brads Freundin geflirtet hat. Und obwohl Timmy ein totaler Idiot ist, finden ihn viele Mädchen toll.«

»Ich versteh's auch nicht«, sagte Celia, nachdem sie mehrmals tief Luft geholt hatte. »Er ist so ein Idiot.«

Delia zuckte mit den Schultern und sah ihre Zwillingsschwester an. »Ja, das wissen wir, aber eine Menge Mädchen finden ihn süß. Wie auch immer, das ist im Moment eher nebensächlich. Weil Brad sauer auf Timmy war, hat er gelogen, als Daniel anfing, alle zu befragen, und den Jugendlichen klar wurde, dass er einen von ihnen verdächtigte, etwas getan zu haben.«

»Du sagst also, er hat darüber gelogen, dass Timmy irgendetwas getan hat?«, fragte Moira und warf einen Blick über ihre Schulter, als die Glocke über der Tür von Persnickety Potions & Gifts bimmelte.

Lea trat durch die Tür und mit ihr ein Schwall kalter Wind. Sie klopfte den Schnee von ihren Stiefeln auf der Fußmatte ab und kam zu uns an den Tresen, wo wir uns versammelt hatten.

Delia fuhr fort. »Ja. Genau. Sie haben mit Böllern herumgespielt, aber es ist nichts passiert. Brad sah eine Gelegenheit, Timmy in Schwierigkeiten zu bringen, und hat sie ergriffen. Weil er aber normalerweise ein netter Kerl ist, hat er jetzt ein schlechtes Gewissen.«

Lea schien den Faden des Gesprächs aufgenommen zu haben und schüttelte den Kopf. »Teenager. So viel Drama.«

»Er tut mir vielleicht ein bisschen leid, aber er hat eine polizeiliche Ermittlung komplett aus der Bahn geworfen«, fügte Moira hinzu.

»Wenigstens sieht der Baum langsam wieder besser aus«, bemerkte ich.

»Oh ja. Gib ihm noch ein paar Wochen, dann ist er fast wieder wie neu. Aber jemand muss deswegen mit Daniel reden«, sagte Moira.

Lea sah zwischen ihren Töchtern hin und her. »Wir müssen heute noch mit ihm sprechen. Ihr seid diejenigen, die das herausgefunden haben, also lasst uns zusammen hingehen.«

Celia und Delia sahen über diese Wendung der Ereignisse recht erfreut aus. »Jetzt?«, fragte Celia.

»Wann immer ihr bereit seid. Geht nach hinten und holt eure Sachen, Mädels. Wir fahren hin. Auch wenn es nicht weit ist, ist es draußen eiskalt«, sagte Lea.

Die Zwillinge ließen sich das nicht zweimal sagen und eilten nach hinten.

Lea schaute zwischen mir und Moira hin und her. »Es klingt so, als ob Daniel vorhat, John Corey nach dem Vorfall gestern Abend zu verhaften.«

Ich nickte und erwiderte: »Ja. Donovan und ich haben gestern Abend gewartet, bis Daniel kam. Nachdem er unsere Aussagen aufgenommen hatte, ist er los, um John zu suchen. Gott weiß, wie Daniel beschreiben wird, was ich gesehen habe, als John einen elektrischen Zauber auf die Äste über meinem Auto wirkte und Donovan sie dann mit seiner Kraft bewegte.«

Lea zuckte leicht mit den Schultern. »Daniel wird das schon hinkriegen. Es ist sicher nicht das Schwierigste, was er in Bezug auf Magie und polizeiliche Angelegenheiten zu bewältigen hatte.«

In diesem Moment eilten die Zwillinge durch den Perlenvorhang hinter dem Tresen, wickelten sich Schals um den Hals und knöpften ihre Jacken zu. Einen Augenblick später winkten sie mit Lea zum Abschied und machten sich auf den Weg, um mit Daniel zu reden.

Nachdem sie gegangen waren, sah ich Moira an und sagte: »Na, ich hoffe, der arme Junge kriegt deswegen nicht zu viel Ärger.«

Moira seufzte. »Ja, ich weiß, oder? Ich bezweifle es aber. Ich bin sicher, Daniel wird ihm eine Standpauke halten und es dabei belassen.«

»Übrigens, morgen Abend ist ein Treffen am Leuchtturm. Du kommst doch, oder?«, fragte ich.

»Ich kann mich wohl kaum davor drücken«, antwortete sie mit einem Grinsen. »Ich wurde schon ungefähr dreimal daran erinnert, aber niemand hat sich die Mühe gemacht, mir zu sagen, um wie viel Uhr. Du weißt das nicht zufällig, oder?«

Ich warf einen Blick auf meine Uhr und antwortete: »Morgen Abend um halb sechs. Ich weiß es nur, weil meine Mutter mir eine SMS geschickt hat.«

»Wird Donovan da sein?« Das Grinsen, das auf Moiras Frage folgte, war verschmitzt.

Ich spürte, wie meine Wangen leicht rot wurden, als ich nickte. »Ich werde ihn deswegen anrufen. Da er ein Hauptzeuge dafür war, wie John diese Zauber auf die Äste gewirkt hat, sollte er wahrscheinlich hingehen.«

Moira lachte. »Das wird ihm gefallen. Also, es scheint, als ob du ihn magst?«

»Vielleicht mag ich ihn«, wich ich aus.

»Also, Liam und ich gehen dieses Wochenende im Charm Café essen. Ich dachte, es könnte ein Doppeldate werden.«

»Wenn Donovan kann, bin ich sofort dabei.«

———

»Der Leuchtturm?«, fragte Donovan.

»Ja, der Leuchtturm von Beacon's Charm«, sagte ich in mein Handy.

»Oh, ich weiß, wie er heißt«, erwiderte Donovan. »Mir war nur nicht bewusst, dass er ein Treffpunkt ist.«

»Ich nehme an, das konntest du nicht wissen. Ich wusste es auch nicht, bis ich älter war. Da er sich im gemeinsamen Besitz meiner

Familie und der Wickeds befindet, treffen wir uns oft am Leuchtturm, wann immer Hexen und Hexer in der Stadt ein privates Treffen abhalten müssen. Er ist mit so vielen Schutzzaubern belegt, dass es, wie ich mir vorstelle, praktisch unmöglich ist, dort irgendeinen Unfug anzustellen«, erklärte ich mit einem leisen Lachen.

Donovan gluckste zur Antwort. »Macht Sinn. Warum hole ich dich nicht ab?«

»Bist du sicher? Es gibt genug andere, die mich mitnehmen könnten, wenn es für dich ein Umweg ist.«

Da mein Auto beschädigt war, nachdem ein Ast auf die Motorhaube gekracht war, war ich auf Mitfahrgelegenheiten angewiesen, wann immer ich irgendwohin musste.

»Aber sicher doch. Außerdem habe ich so einen guten Vorwand, dich danach zum Abendessen auszuführen.«

Meine Wangen wurden heiß und ich spürte, wie sich ein albernes Lächeln auf meinem Gesicht ausbreitete. Ich war erleichtert, dass Donovan mich nicht sehen konnte. Er musste ja nicht wissen, dass ich bis über beide Ohren in ihn verknallt war.

»Okay, dann ist es abgemacht. Ich schaue am späten Nachmittag bei Beauty Bewitched vorbei, um einen Blick auf die Buchhaltung zu werfen. Warum triffst du mich nicht einfach dort?«

»Das ist direkt am Wicked Way, oder?«

»Ja, in der Nähe der Ecke zur Good Lane.«

»Klingt gut. Ich bin um Viertel nach fünf da. Passt das für dich?«

»Perfekt. Bis dann.«

In dem Moment, als ich mein Handy auf den Küchentisch legte, hörte ich Moiras Stimme. »Na, da wird aber jemand rot«, neckte sie mich.

Ich drehte mich um und sah sie im Torbogen stehen, der vom Flur in die Küche führte. Mir wurden die Ohren heiß und ich wusste, dass meine Wangen rosa waren. Grinsend zuckte ich mit den Schultern und drehte mich um, um nachzusehen, ob der Kaffee fertig war. Während ich wartete, hatte Donovan angerufen. Da hatte ich ihm von dem für heute Abend geplanten Treffen am Leuchtturm erzählt.

»Ich wusste gar nicht, dass du da bist«, rief ich über die Schulter. »Möchtest du eine Tasse Kaffee?«

»Sehr gern«, erwiderte sie, als sie die Küche betrat. »Liam ist vorbeigekommen, um etwas von deinem Vater abzuholen. Ich bin nur mitgekommen, weil er mich heute Morgen beim Laden absetzt.«

Ich füllte zwei Tassen mit Kaffee, drehte mich um und deutete mit einem Kopfnicken auf den Küchentisch, der in dem großen Erkerfenster stand, von dem aus man den Rasen hinter dem Haus meiner Eltern überblicken konnte.

»Wie lange braucht Liam noch?«, fragte ich, als wir durch die Küche gingen.

»Lange genug, um einen Kaffee zu trinken«, entgegnete Moira mit einem Grinsen.

Wir setzten uns und Moira verschwendete keine Zeit, ihre Neugier zu befriedigen. »Also, ich nehme an, das war Donovan am Telefon.«

Meine Ohren wurden wieder heiß und ich wünschte, ich wäre nicht so ein offenes Buch. Obwohl es mir lieber war, von Moira deswegen aufgezogen zu werden als von meiner Mutter. Ich nickte und hielt inne, um einen Schluck Kaffee zu trinken.

»Du magst ihn wirklich«, fügte sie hinzu.

Ich biss mir auf die Lippe und zuckte mit den Schultern. »Vielleicht. Übrigens war mir gar nicht klar, wie praktisch es war, dass sich alle in unseren Familien Sorgen gemacht haben, dass du und Liam heiraten. Nicht, dass mich jemand unter Druck setzt, aber ehrlich gesagt hat es vorher niemanden wirklich interessiert, mit wem ich ausgegangen bin. Sie waren zu sehr damit beschäftigt, sicherzustellen, dass du und Liam zur Tat schreitet.«

Moira lachte. »Glaub mir, einen solchen Druck wirst du wohl nie erleben. Obwohl deine Mutter sichtlich erfreut ist. Sie mag Donovan.« Sie zwinkerte mir kurz zu, bevor sie eine Pause machte, um an ihrem Kaffee zu nippen.

»Das merke ich. Ich mag ihn auch. Aber ein paar Verabredungen zum Abendessen sind eben nur das.«

Moira verdrehte die Augen. »Genieß den Luxus, es langsam angehen zu lassen.«

Da Moira und Liam seit ihrer Geburt dazu bestimmt waren zu heiraten, hatten sie eine Menge Druck erfahren. Ich war ihretwegen erleichtert, dass sie sich tatsächlich liebten. Noch besser, sie *mochten* sich. »Wie auch immer, du bist heute Abend am Leuchtturm, oder?«, fragte ich.

»Natürlich. Meine Mutter würde mich in der Luft zerreißen, wenn ich nicht auftauche. Da der städtische Parkplatz gleich um die Ecke von unserem Laden ist, will sie, dass die Zwillinge nach dem Rechten sehen«, sagte sie und schüttelte langsam den Kopf. »Ich habe sie darauf hingewiesen, dass das nicht die klügste Idee ist, nicht mit jemandem, der mit elektrischen Zaubern um sich wirft.«

»Das will ich meinen. Soweit ich gehört habe, wurden alle Fahrzeuge dort beschädigt.«

»Die Verkabelung war durchgebraten, laut Daniel.«

Ich schüttelte den Kopf. »Wie lächerlich und teuer. Ich bin überzeugt, dass es John war. Ehrlich gesagt ist das, was er mit diesen Lastwagen gemacht hat, ein größeres Verbrechen als der Baum. Der Baum war Sachbeschädigung, aber zum Glück wird er dank Liam leicht zu reparieren sein.«

»Wofür dankst du mir?«, drang die Stimme meines Bruders in die Küche, als er hereinkam.

»Dafür, dass du die Balsamtanne auf dem Dorfplatz reparieren kannst. Ich nehme an, du kannst auch die Schneepflüge reparieren, oder?«, fragte ich, als Liam die Küche durchquerte, um neben Moira stehen zu bleiben, seine Hand ruhte leicht zwischen ihren Schulterblättern.

Liam nickte, als er sich vorbeugte, um ihr einen langen Kuss auf die Wange zu drücken. Manchmal fand ich es lächerlich, wie verliebt mein Bruder in Moira war. Manchmal spürte ich einen Stich Eifersucht. Hauptsächlich, weil meine bisherigen Dating-Eskapaden ziemlich glanzlos waren. Donovan könnte ein Glücksfall sein. Er war jedenfalls kein Arschloch. Außerdem war er ein Hexenmeister, was praktischerweise bedeutete, dass er kein Problem damit hatte, dass ich über Kräfte verfügte, und ich musste nicht versuchen zu verbergen, wer ich war.

Es schadete auch nicht – kein bisschen –, dass er außerdem ziemlich gut aussah. Als Liam sich aufrichtete, fragte ich: »Du kannst sie alle reparieren?«

In meiner Jugend hatte ich Liams Fähigkeit, Dinge wiederherzustellen, ziemlich praktisch gefunden. Mehr als einmal hatte ich versucht, ihn dazu zu bringen, Dinge zu reparieren, die ich aus Versehen kaputt gemacht hatte.

»Natürlich kann ich das«, antwortete er. »Die werden einfacher sein als der Baum. Ich habe Daniel deswegen schon angerufen. Ich werde morgen hingehen, um mich mit dem Mann zu treffen, der die Wartung der städtischen Geräte übernimmt. Auch wenn wir diese Schneepflüge benutzen und Papa die Hälfte davon verwaltet, wurde die Wartung schon immer von der Stadt erledigt. Ich werde sie innerhalb eines Tages wieder einsatzbereit machen und der Stadt hoffentlich eine Menge Geld für die Reparatur sparen.« Er blickte zu Moira hinunter und drückte sanft ihre Schulter. »Bist du bereit zu gehen?«

»Klar«, sagte sie und blickte zur Uhr über dem Torbogen zwischen Küche und Flur. »Ich muss rechtzeitig zum Laden, um aufzuräumen. Gestern Abend war so viel los, dass ich gegangen bin, ohne groß Ordnung zu schaffen.« Sie stand auf und leerte schnell ihren Kaffee. »Das wird mich über Wasser halten.« Sie blickte zurück zu mir. »Wir sehen uns heute Abend am Leuchtturm.«

»Ja klar, bis dann.«

»Oh warte, brauchst du eine Mitfahrgelegenheit?«, fragte Liam, als er sich gerade abwenden wollte. »Ich kann mir dein Auto heute Abend nach dem Treffen ansehen, wenn du möchtest.«

»Oh, sie hat schon eine Mitfahrgelegenheit«, sagte Moira mit einem verschmitzten Grinsen. »Mit Donovan.«

Liam grinste. »Na dann.«

»Es wäre toll, wenn du danach vorbeikommen könntest, um dir mein Auto anzusehen«, rief ich ihnen nach, als sie aus der Küche gingen.

KAPITEL SECHZEHN

Donovan ging neben mir die Wendeltreppe hinauf, die sich bis zur Spitze des Leuchtturms von Beacon's Charm schlängelte.

»Ich nehme an, all die Gegenstände in diesen winzigen Schränkchen sind magisch«, sagte er und zeigte auf eines der besagten kleinen Schränkchen.

Ich blieb auf der Treppe stehen und blickte durch die kleine Glastür in das kastengroße Fach, das in die Wand entlang des Treppenhauses eingelassen war. »Richtig geraten. Ich weiß nicht, wie sehr du die Nachrichten aus Charm Cove verfolgst, aber der Leuchtturm hat in den letzten Jahren ein paar turbulente Zeiten durchgemacht.«

Wir gingen weiter, und Donovan antwortete: »Oh, was ist denn passiert?«

»Also, zuerst gab es ein paar Einbrüche in der Stadt und einige Gegenstände wurden von hier gestohlen. Letztendlich wurde alles wiedergefunden, aber es war eine ganz schöne *Geschichte*. Es stellte sich heraus, dass es ein Mann war, dessen Familie vor vielen, vielen Jahren aus Charm Cove weggezogen war und ihre Magie weitgehend verloren hatte. Einer der Nachkommen beschloss, dass er versuchen wollte, ein Hexenmeister zu werden, um die Magie der Familie zurückzubekommen, also spürte er magische Objekte auf, um das zu schaffen«, erklärte ich.

»Und war da nicht auch etwas damit, dass der Leuchtturm ein paar Wochen lang kaputt war? Ich erinnere mich, dass meine Mutter so etwas erwähnt hat.«

»Oh ja, das war die andere Sache. Ein paar Hexenmeister haben Zauber gestohlen. Da der Leuchtturm mit Magie betrieben wird, und das schon seit einer Ewigkeit, stahlen sie seinen Zauber. Sie stahlen auch ein paar andere Zauber. Das zu lösen, war ein ganz schönes Theater, aber wir haben ihnen ihre Magie wieder abgenommen und den Leuchtturm wieder zum Laufen gebracht«, sagte ich, als ich die letzte Kurve nahm und den Treppenabsatz an der Spitze des Leuchtturms erreichte.

Donovan blieb neben mir stehen. »Ich nehme an, wenn jemand Magie stehlen wollte, wäre Charm Cove ein beliebtes Ziel dafür.«

Ich lachte. »Definitiv. Der Leuchtturmzauber ist ein uralter. Natürlich hätten wir modernisieren können, aber eine Herausforderung ist immer gut. Denk bloß nicht, dass ich irgendetwas mit dem Zauber zu tun hatte, der das Licht wieder eingeschaltet hat«, sagte ich, als ich durch die Tür trat, die in einen großen runden Raum hoch über dem Atlantischen Ozean führte, mit weitem Blick aufs Meer. »Das waren einige der Ältesten.«

»Es ist erstaunlich, wie viel ich verpasst habe, oder besser gesagt, gar nicht wusste, weil ich aus Charm Cove weggezogen bin.«

Ich hielt inne und blickte zu ihm auf. »Manchmal vergesse ich, wie viel ich für selbstverständlich halte, weil ich hier aufgewachsen bin.«

Ein Lächeln umspielte Donovans Lippen. »Charm Cove ist in der Hexenwelt außerhalb von hier legendär. Sogar meine Eltern sprachen davon, als wäre es legendär, und sie haben eine Weile hier gelebt.«

»Juliette«, rief Lea.

Ich blickte zu ihr, winkte ihr kurz über den Raum hinweg zu, bevor ich meine Aufmerksamkeit wieder auf Donovan richtete. »Haben deine Eltern schon entschieden, wann sie zurückziehen werden?«, fragte ich, als wir begannen, den großen Raum zu durchqueren, um zu einer kleinen Stuhlgruppe auf der anderen Seite zu gelangen.

»Der Zeitplan steht noch nicht fest. Mein Vater kommt langsam in die Jahre, um die körperliche Arbeit zu bewältigen, die für den Betrieb der Obstplantage nötig ist. Er plant, sie bald zum Verkauf anzubieten. Nachdem sie verkauft ist, werden sie hierherziehen. Das sollte mir genug Zeit geben, um das Haus zu renovieren.«

»Das wird wunderbar sein«, sagte Opal von hinten.

Donovan blickte mit mir zurück. Ich hatte Opal ganz sicher nicht kommen hören. Abgesehen von den Feinheiten, wie viel Magie in Charm Cove frei herumschwirrte, würde sich Donovan auch daran gewöhnen müssen, wie selbstverständlich sich hier jeder in das Leben des anderen einmischte. Ich vermutete, dass alle Kleinstädte mit diesem Problem zu kämpfen hatten, aber wenn man die Geheimniskrämerei um Hexen und Hexenmeister und die Beschützerinstinkte unter uns hinzufügte, war es noch schlimmer. Jedenfalls vermutete ich das.

Opal trug eine Variante ihrer üblichen Kleidung aus einer schwarzen Hose mit einer cremefarbenen Bluse. Mit ihrer smaragdgrünen, wollenen Caban-Jacke hatte sie einen Farbtupfer hinzugefügt. Sie lächelte Donovan strahlend an und hob eine Hand, um ein unsichtbares, loses Haar in ihrem Dutt zu glätten. »Es wird herrlich sein, deine Eltern wieder hier zu haben. Und was für ein guter Sohn du bist«, sagte sie und tätschelte ihm den Arm, »dass du dich um den Garten kümmerst und das Haus renovierst. Das war längst überfällig.«

Donovan lächelte höflich und nickte, während Opal mit uns weiterging. Ich beobachtete, wie Donovans Augen den Raum absuchten, und fragte mich, ob er schon einmal hier oben gewesen war. Mein Cousin Nathan hilft jetzt bei der Verwaltung des Leuchtturms und kümmert sich hauptsächlich um Touristen sowie um die grundlegende Instandhaltung und Pflege des Gebäudes.

Der Leuchtturm stand auf einem felsigen Vorsprung an der malerischen Küste von Maine. Er war vor mehreren Jahrhunderten in den Anfängen des Walfang- und Fischereibooms während des massiven Ansturms der Kolonialisierung erbaut worden.

Dieses obere Stockwerk hatte einen großen runden Raum mit Fenstern an allen Seiten, außer an einer Stelle, wo eine Tür zu einem

Badezimmer und einem kleinen Zimmer mit einer Pritsche führte. Obwohl der Leuchtturm mit Magie betrieben wurde, lebte früher derjenige, der für den Leuchtturm verantwortlich war, hier. Die Stockwerke darunter hatten zusätzliche Zimmer für die Familie.

Heutzutage war der Leuchtturm ein Touristenziel. Nathan wohnte gegenüber in einem niedlichen Saltbox-Haus. Die glänzenden Holzböden waren von den unzähligen Füßen, die über die Jahre hin und her gegangen waren, abgenutzt. Darüber hinaus wurde der Leuchtturm für Treffen von Hexen und Hexenmeistern genutzt, die sich versammelten, um die übernatürlichen Anliegen zu besprechen, die in der Stadt gerade anstanden.

»Setz dich, Juliette. Du auch, Donovan«, sagte Lea und deutete auf ein Paar Stühle gegenüber von ihr und meinem Onkel Jacob.

Ich ließ mich auf den metallenen Klappstuhl gleiten und spürte die Kühle des Metalls durch meine Hose. Donovan tat es mir gleich. Opal setzte sich neben ihren Mann Theo. Meine Eltern plauderten mit Moiras Eltern, Camille und Gabriel. Liam, der uns gegenüber saß, zwinkerte mir zu. Moiras Brüder, Cam und Gabriel, waren ebenfalls da, zusammen mit Nathan und seiner Freundin Edie.

Edie war erst vor Kurzem in die Stadt gezogen. Ich hatte sie nur kurz getroffen, als ich über die Feiertage zu Hause war. Anscheinend hatte Nathan sich bis über beide Ohren in sie verliebt und damit alle überrascht. Er hatte die gleiche Färbung wie die meisten Mitglieder der Familie Good – fast schwarzes Haar und leuchtend blaue Augen. Er war mein Cousin, also empfand ich nichts für ihn, aber selbst ich musste zugeben, dass er gut aussah, genau wie alle meine Brüder.

Meine Mutter blickte von den Notizen in ihrer Hand auf und fragte in die Runde: »Kommt noch jemand?«

Leas Blick wanderte über die kleine Gruppe. »Beatrice kommt vielleicht noch, aber ich finde nicht, dass wir auf sie warten sollten.«

»Ja, ich habe heute Nachmittag mit ihr gesprochen«, fügte Moira hinzu. »Ihre Tochter hatte heute Nachmittag einen Termin bei ihr in Windy Bay, und sie war sich nicht sicher, wann sie zurück sein würde. Sie hat mir aber ausgerichtet, dass sie nichts Neues beizutragen hat, also denke ich, wir sollten direkt zur Sache kommen.«

Da es sich um eine kleinere Gruppe als bei manchen anderen

Treffen handelte, war die Atmosphäre entspannter, aber ich spürte, dass Donovan beobachtete und abwartete, wie sich das Ganze entwickeln würde. Lea beugte sich zu Opal hinüber und sagte etwas zu ihr. Ich nutzte die Gelegenheit, um Donovan leise zuzuflüstern: »Lass sie das einfach machen.«

»Okay, okay«, sagte Lea, richtete sich auf und klatschte in die Hände, als wäre es nötig. »Es ist überdeutlich geworden, dass John Corey seine elektrischen Kräfte versteckt hat, wahrscheinlich schon seit Jahren. Wir haben Grund zu der Annahme, dass er auch an Demenz leidet, was seine zunehmende Reizbarkeit und sein lächerliches Verhalten wegen dieses Räumvertrags erklären könnte.« Ein Murmeln ging durch die Runde. »Camille hat dazu auch etwas beizutragen«, beendete Lea ihren Satz und schaute zu Camille hinüber.

Camille nickte, rückte ihre Brille auf der Nase zurecht und strich sich eine lose silberne Haarsträhne hinter das Ohr. »Ich habe ein wenig in den Unterlagen recherchiert und herausgefunden, dass nach dem Tod von Johns Frau die Lebensversicherung, die sie für sie abgeschlossen hatten, nicht ausgezahlt wurde. Es war eine von diesen miesen Policen.« Camille hielt inne, schnalzte mit der Zunge und schüttelte den Kopf. »Sie verstarb mit fünfundachtzig, und John ist jetzt achtundachtzig. Er ist zu alt zum Arbeiten, hat aber keine Einkommensquelle. Nachdem ihr Sohn in diese Drogenschmuggel-Sache verwickelt war, hat er ihre gesamten Ersparnisse aufgebraucht.« Als sie eine Pause machte und in die Runde blickte, gab es ein paar zustimmende Nicken, bevor sie fortfuhr. »Anscheinend haben sie ihre Ersparnisse für seine Anwaltskosten draufgehen lassen und sogar eine Umkehrhypothek aufgenommen. Jetzt schuldet er Geld für ein Haus, das seit Jahrhunderten im Besitz ihrer Familie ist, und er ist hoch verschuldet.«

Mein Vater lehnte sich in seinem Stuhl zurück, eine tiefe Falte auf seiner Stirn. »Kein Wunder, dass er wegen des Vertrags so einen Aufstand gemacht hat. Ehrlich gesagt, in all den Jahren, in denen wir ihn für die Stadt verwaltet haben, hat er nur ein- oder zweimal überhaupt Interesse daran gezeigt. Und in den letzten Jahren fängt er plötzlich an, einen riesen Zirkus zu veranstalten. Das Traurige daran ist, dass das Geld nicht ausreicht, um das Schlamassel zu beheben, in dem er steckt.«

Cam warf ein: »Kein Wunder, dass er versucht, an allen Ecken und Enden zu sparen. Ich schätze auch, dass er nicht viele Leute einstellt, um die Straßen zu räumen. Charm Cove mag keine sehr große Stadt sein, aber bei einem Schneesturm müssen wir uns um Hunderte von Meilen Straßen kümmern. Wenn er versucht, das alleine zu machen und nur ein oder zwei Leute bezahlt, die ihm helfen, ist er aufge-schmissen.«

Meine Mutter runzelte die Stirn, und Sorge blitzte in ihren Augen auf. »Wir müssen etwas tun, um ihm zu helfen.«

»Ich will ja helfen«, bot Liam an. »Aber er ist nicht vernünftig, und weiß der Himmel, warum er es auf Juliette abgesehen hat. Hattest du jemals irgendwas mit ihm zu tun?«

»Nicht mehr als ein ›Hallo‹«, antwortete ich.

Opal warf ein: »Daniel sagte nach seinen Gesprächen mit Familien-mitgliedern, dass es Bedenken wegen Demenz gibt. Ich schätze, Juli-ette wurde irgendwie zur Zielscheibe, weil sie zur Familie Good gehört. Die Familie Good hatte diesen Vertrag jahrelang. Wenn Leute nicht mehr klar denken können, ergibt das, was sie tun, oft keinen Sinn.«

»Besteht die Chance, dass Daniel ihn anzeigt, zumindest wegen der Pflugausrüstung?«, fragte Donovan.

Moira zuckte mit den Schultern. »Ich glaube, das würde er gerne. Zumindest wegen Sachbeschädigung, nach dem, was Zoe sagt. Aber das wird nichts lösen. Er braucht echte Hilfe.«

»Wie können wir ihm helfen?«, fragte meine Mutter, als sie ihr Notizbuch schloss und es neben sich auf die Fensterbank legte.

»Mom, wissen wir, ob jemand in seiner Familie elektrische Kräfte hatte?«, fragte ich.

»Oh ja. Es hat eine Weile gedauert, aber er stammt von einer Linie in Frankreich ab, die sporadisch elektrische Kräfte hatte. Die Kräfte zeigten sich nicht einmal in jeder Generation. Ich nehme an, er hat es geheim gehalten, weil er niemanden hatte, der ihm beibringen konnte, wie man sie kontrolliert. Du, meine Liebe, hattest deine Großmutter. Ich schätze, als er anfing, seine Kräfte zu spüren, hatte er niemanden,

den er fragen konnte, und niemanden, der ihm beibrachte, wie man damit umgeht. Ich würde vermuten, dass er Jahre gebraucht hat, um zu lernen, sie einzusetzen«, erklärte sie.

Da ich die Erfahrung aufkeimender elektrischer Kräfte persönlich durchlebt hatte, wusste ich, dass es beängstigend sein konnte. Obwohl John versucht hatte, mir zu schaden, tat er mir leid. Das müssen ein paar schwere Jahre für ihn gewesen sein.

Donovan lehnte sich in seinem Stuhl zurück. »Der Mann tut mir zwar leid, aber er hat versucht, Juliette neulich Abend zu verletzen. Wenn ich nicht da gewesen wäre, um den Ast wegzubewegen, als er ihn herunterriss, hätte er auf das Dach ihres Autos fallen können. Alle Hilfe beiseite, wir müssen sicherstellen, dass er nicht gefährlich ist.«

»Es ist ja nicht so, als könnte Daniel das, was Donovan und ich bezeugt haben, in seinem Polizeibericht dokumentieren«, fügte ich hinzu.

»Ich weiß, ich weiß«, erwiderte meine Mutter und verzog besorgt den Mund.

Mein Vater fing Donovans Blick auf. »Ich hatte noch keine Gelegenheit, dir dafür zu danken, was du getan hast. Auch wenn deine Eltern nicht hier waren, ist es ganz klar, dass sie dafür gesorgt haben, dass du weißt, wie du deine Kräfte richtig einsetzt.«

Mein Vater war kein Mann der vielen Worte. Überhaupt nicht. Ich spürte einen leichten Anflug von Stolz für Donovan.

Währenddessen zuckte Donovan nur mit den Schultern. »Selbstverständlich. Es war in dem Moment das Einzige, was zu tun war.«

»Da er sich so auf dich eingeschossen hat, Juliette, denke ich, wir sollten dich als Köder benutzen«, sagte Opal.

Die Augen meines Vaters weiteten sich und seine Augenbraue zuckte nach oben. »Köder?«

Opal winkte ab. »Oh, wir werden schon dafür sorgen, dass sie in Sicherheit ist. Mach dir darüber keine Sorgen. Ich denke nur, wenn wir eine Situation schaffen und dafür sorgen, dass Daniel in der Nähe ist, wird er sich darum kümmern. John muss nicht verhaftet werden, aber er muss die Hilfe bekommen, die er braucht. Sobald wir wissen, dass er versorgt ist, können wir uns überlegen, wie wir etwas Geld auftreiben können, um ihm bei dieser Umkehrhypothek zu helfen und ihm genug zum Leben zu verschaffen. Vielleicht wäre eine Art betreutes Wohnen das Beste.«

Ein zustimmendes Murmeln ging durch die Runde. Donovan warf mir einen besorgten Blick zu. »Keine Sorge«, sagte ich leise. »Was auch immer wir tun, mir wird nichts passieren.«

Nach einiger Diskussion wurde beschlossen, dass ich morgen Nachmittag mit Liam zum Dorfplatz gehen würde, etwa zur Abenddämmerung, wenn alles ruhiger wird. Da John direkt am Dorfplatz wohnte, hofften wir, dass die Anwesenheit von Liam und mir ihn genug provozieren würde, sodass er wieder etwas versuchen würde. Liam würde angeblich den Baum inspizieren und bei der Gelegenheit ein paar Äste reparieren. Er konnte außerdem hervorragend blocken, sodass er in der Lage wäre, jeden Zauber abzuwehren.

»Wir können auch mitkommen«, bot Cam an und deutete auf seinen Bruder Gabriel, der neben ihm saß.

»Da ich noch nicht lange hier bin und erst recht nicht da war, als alle ihre Kräfte bekamen, könntet ihr mich mal aufklären, wer was kann?«, fragte Donovan.

Lea grinste über Donovans Bemerkung. »Guter Punkt. Cam, warum erklärst du nicht, was du und dein Bruder so könnt?«

»Wir beide können Zauber einfangen. Praktisch, wenn man weiß, dass jemand etwas Übles im Schilde führt.«

»Das beeinträchtigt ihre Magie zwar nicht, aber es ist nützlich«, fügte Gabriel hinzu.

»Liam und Beatrice werden auch da sein, weil sie beide gut im Blocken sind«, warf Lea ein. »Ich werde da sein, zusammen mit den Zwillingen. Wir drei haben Festhaltekräfte, also können wir John festhalten, wenn er etwas versucht.«

Donovan blickte in die Runde und schüttelte langsam den Kopf. »Da ich nur gelegentlich zu Besuch war, habe ich wohl vergessen, wie viel Magie es in dieser Stadt eigentlich gibt.«

Nathan, der seinen Arm locker über Edies Schultern gelegt hatte und mit seinen Fingern in ihrem kupferfarbenen Haar spielte, gluckste. Sie waren ein paar Minuten nach Beginn der Besprechung hereingekommen. »Es *ist* schon ein bisschen verrückt.«

Edie verdrehte die Augen und schenkte Donovan ein aufmunterndes Lächeln. »Ich bin auch nicht hier aufgewachsen, also ich verstehe das.«

»Es klingt also, als hätten wir einen Plan?«, warf Lea ein, die wie immer dafür sorgte, dass jede Besprechung auf Kurs blieb.

»Ich denke schon«, antwortete meine Mutter. »Seid ihr zwei aber vorsichtig«, sagte sie mit einem warnenden Blick, der zwischen Liam und mir hin und her ging.

KAPITEL SIEBZEHN

Am Abend darauf stand ich neben Liam auf dem Dorfplatz und blickte zu dem größtenteils verkohlten Baum hinauf. Jemand vom städtischen Bauhof hatte die verbrannten Lichterketten entfernt. Diese hübschen, glitzernden Lichter in der verschneiten Dunkelheit waren der Grund gewesen, warum ich angehalten hatte. Ich konnte die Stellen erkennen, an denen Liam seine Magie gewirkt hatte und an denen nun grüne Triebe sprossen. Es war dezent genug und so gut verteilt, dass es nicht gleich auffiel.

»Er sieht immer noch ziemlich traurig aus«, kommentierte ich und warf Liam einen Blick zu.

Er ließ den Baum nicht aus den Augen, während er näher trat und seine Hände beiläufig bewegte, fast so, als würden wir uns unterhalten. Ich wusste, dass er einen Zauber wirkte. Direkt vor meinen Augen sah ich ein silbriges Leuchten von seinen Händen ausgehen und beobachtete, wie ein weiterer Ast heller wurde, wie der Frühling im Winter.

»Du bist raffiniert«, murmelte ich.

Liam kicherte. »Strategisch.«

Unser Atem bildete kleine Wölkchen, während wir langsam den Baum umrundeten, wobei der Schnee bei jedem Schritt unter unseren

Füßen knirschte. Die Stadt hielt die Wege auf dem Dorfplatz frei, aber um den Baum herum hatte sich ein wenig Schnee angehäuft.

»Erinnere mich noch mal, wo John wohnt«, sagte Liam mit leiser Stimme.

Im Moment waren Hexen und Hexer rund um den Dorfplatz postiert. Es fühlte sich an, als stünden wir auf einer Bühne.

»Er wohnt an der gegenüberliegenden Ecke von Beatrice.«

Liams Blick schnellte in diese Richtung. »Dort brennt Licht, also hoffen wir mal, dass er uns hier draußen bald sieht.«

Einige Augenblicke später, nachdem Liam mehrere weitere Äste repariert hatte, zuckte ein deutliches silbriges Licht über den Dorfplatz und landete direkt bei Liams Füßen. Nachdem einige Minuten vergangen waren, kam ein weiterer Zauber aus der gleichen Richtung durch die Luft geflogen. Cam fing ihn auf. Als ich hinüberblickte, sah es aus, als hielte er eine glitzernde Kugel in den Händen, ungefähr so groß wie ein Baseball.

Liam musste sich nicht einmal darum kümmern, irgendwelche Zauber abzublocken. Cam und Gabriel fingen die nächsten paar Zauber, die John wirkte, gemeinsam ab. Obwohl wir ihn nicht sehen konnten, wurde schnell klar, wo er war, allein aufgrund der Tatsache, dass jeder elektrische Zauber vom selben Ort kam. Es war ihm unmöglich, verborgen zu bleiben.

Nach seinem vierten Versuch, Liam und mich zu treffen, leuchteten die Lichter von Daniels Streifenwagen auf, direkt gefolgt von einem weiteren, als sie den Charming Way entlangfuhren. Sie sperrten den Bereich ab, in dem sich John anscheinend versteckt hielt, eingeklemmt zwischen zwei Häusern auf der gegenüberliegenden Seite des Dorfplatzes von seinem Wohnhaus.

Während die Dunkelheit dichter wurde, murmelte ich Liam zu: »Sollen wir mal in die Richtung gehen?«

»Nicht nötig. Du kennst ja den Plan. Beatrice und Dad sind zur Abwehr drüben. Außerdem ist Cam immer noch dort zur Verstärkung, um eventuelle Zauber abzufangen.«

Gerade als Liam zu Ende gesprochen hatte, zuckte ein weiterer silbriger Blitz im Zickzack durch die Luft und traf einen Ast wenige Meter über Liam und mir. Unmittelbar danach hörte ich ein zischendes Geräusch in der Luft und wusste, dass Donovan einen Zauber gewirkt hatte. Der Ast bewegte sich und flog mehr als drei Meter von Liam und mir entfernt auf den Boden.

In dem Bereich zwischen den beiden Häusern, wo sich John versteckt hatte, gab es eine Aufregung. Daniel und mehrere seiner Hilfssheriffs versammelten sich auf dem Gehweg. Stimmen riefen. Gerade als ich dachte, für den Abend wäre sicher genug Magie gewirkt worden, sah ich eine Gestalt im schwindenden Licht losstürmen, nur um abrupt von einem Paar rosa und lavendelfarbener Bänder gestoppt zu werden.

Ich konnte mir ein Grinsen nicht verkneifen. Celia und Delia würden begeistert sein, dass sie helfen konnten. Ihre Magie war bei jedem Zauber, den sie wirkten, rosa und lila gefärbt, also wusste ich, dass es ihr Werk war.

»Gott sei Dank ist Daniel magie-freundlich«, murmelte Liam unter seinem Atem, als wir uns endlich vom Baum abwandten.

Ich hörte eilige Schritte auf dem Schieferweg hinter uns und blickte zurück, um Donovan zu sehen. Liam hielt mit mir inne, als wir warteten, dass er uns einholte. Genau in diesem Moment gingen die Lichter der Innenstadt an und glitzerten in der Nacht, als die Dunkelheit hereinbrach.

Donovan blickte zu mir hinunter. »Das war wirklich eine Teamleistung«, sagte er mit einem leisen Lachen.

Liam zog die Mundwinkel zu einem Grinsen. »Das war es allerdings.«

»Sollen wir zur Polizeiwache gehen?«, fragte ich.

Als ich nach vorne blickte, sah ich, wie sich die rosa und lavendelfarbenen Bänder auflösten, während Daniel und einer seiner Hilfssheriffs John Handschellen anlegten.

»Ich denke, eher nicht«, antwortete Liam. »Du weißt ja, Lea wird Jacob dorthin schleppen, und Mom und Dad werden wahrscheinlich auch hingehen. Daniel wird mehr als genug zu tun haben. Ich schlage vor, wir gehen im Enchanted Spirits zu Abend essen und was trinken.«

»Klingt nach einem Plan«, erwiderte Donovan.

KAPITEL ACHTZEHN

»Ehrlich gesagt bin ich erleichtert zu hören, dass er nicht ins Gefängnis muss, obwohl er versucht hat, mich zu verletzen«, sagte ich und biss in meinen Burger.

Zoe nickte vom anderen Ende des Tisches. »Sehe ich auch so. Ich meine, auf mich hatte er es ja nicht abgesehen. Aber nachdem Daniel mir erzählt hat, dass sie ihn im Krankenhaus begutachtet und festgestellt haben, dass er Demenz hat, ist für mich klar, dass er einfach nicht mehr ganz da ist.«

Moira fügte hinzu: »Anscheinend hat er wegen seiner finanziellen Situation angefangen zu weinen, als meine Mutter vorbeikam, um mit ihm darüber zu sprechen. Was für ein Schlamassel.«

Ich aß den letzten Bissen meines Burgers, spülte mit etwas Wasser nach und schob meinen Teller weg, während ich mich in meinem Stuhl zurücklehnte. Wir aßen mehrere Tage, nachdem John endlich von der Polizei festgenommen worden war, im Enchanted Spirits zu Abend.

Ich hatte in den letzten Tagen bruchstückhaft von der Geschichte erfahren, aber Zoe gab uns den kompletten Überblick. Ich blickte zu ihr und sagte: »Ich kann kaum glauben, dass du heute Abend überhaupt rausgekommen bist. Wann genau ist denn der Geburtstermin für das Baby? Es ist doch jeden Tag so weit, oder?«

Zoe seufzte und rieb sich die Hand über ihren kugelrunden Bauch. »Der offizielle Termin ist morgen. Bis vor ein paar Tagen wollte ich den Geburtstermin nicht einmal erwähnen, und jetzt bin ich kurz vorm Platzen und möchte, dass es pünktlich kommt«, sagte sie mit einem schiefen Lächeln. »Aber mein Arzt meinte, es sieht so aus, als würde ich über den Termin gehen. Anscheinend sind Erstgeborene oft spät dran. Ich weiß nicht, ob meine Gebärmutter üben muss oder so. Ich bin heute Abend unterwegs, weil das Rumsitzen zu Hause mich wahnsinnig macht. Ich bin zu unruhig. Ich kann es kaum erwarten, etwas anderes als Wasser, Tee oder Saft zu trinken.«

»Arbeitet Daniel heute Abend?«, fragte Moira.

»Oh ja. Er schiebt so viele Überstunden, wie er kann, bevor das Baby kommt. Was mir recht ist. Da er nach Hause rasen kann, falls die Wehen einsetzen, sind wir wohl gut versorgt«, sagte sie mit einem leisen Kichern.

»Gibt es schon Ideen, wie wir John mit seiner finanziellen Situation helfen können?«, fragte Donovan von meiner Seite.

»Meine Mutter organisiert eine Spendenaktion, und Moiras Mutter wird helfen, die Papiere für die Aufteilung seines gesamten Landes aufzusetzen, damit er mehrere Parzellen verkaufen kann.«

Emma, meine Cousine, die die letzten Wochen verreist war, ließ sich auf den einzig verbliebenen Stuhl am Tisch fallen. Sie klinkte sich ein, da sie offensichtlich den letzten Teil unseres Gesprächs mitbekommen hatte. »Ich habe Camille heute dabei geholfen, sich das anzusehen. Er besitzt eine Menge Land am Rande der Stadt, zusätzlich zu seinem Haus am Stadtplatz. Allein der Verkauf eines Teils des Landes sollte ausreichen, um diese Umkehrhypothek abzubezahlen und ihn aus der Patsche zu helfen.«

»Das ist gut zu wissen«, warf Gabriel ein, bevor er eine Süßkartoffelpommes in den Mund steckte. »Aber er wird nicht wieder nach Hause ziehen, oder?«

Ich schüttelte den Kopf. »Nein. Meine Mutter hat mir erzählt, dass sie Vorkehrungen treffen, damit er in einem Heim für betreutes Wohnen unterkommt. Ich glaube, in dem, das von Tom Lewis' Cousin geleitet wird. Dort sind nur Hexen und Hexer, also wird er sich dort nicht fehl am Platz fühlen.«

»Nun, das ist eine Erleichterung«, sagte Donovan.

»Wisst ihr, was eine Erleichterung ist?«, überlegte Nathan. »Dass wir jetzt mit dem Schneeräumen wie gewohnt weitermachen können. Die Stadt hat bereits beschlossen, die Mittel, die John durch den Vertrag erhalten hätte, zur Deckung seiner Pflegekosten im Heim für betreutes Wohnen zu verwenden.«

»Ich hätte nie gedacht, dass mir die Straßen im Winter mal so wichtig sein könnten«, warf Liam mit einem Augenrollen ein.

»Dito. Ich habe nie auch nur darüber nachgedacht. Bis es dann ätzend war«, meinte Cam.

Moira blickte in die Runde. »Ausnahmsweise habe ich die ganze Aufregung verpasst.«

»Ich weiß nicht, ob Aufregung das Wort ist, das ich dafür verwenden würde«, sagte ich. »Ich könnte darauf verzichten, dass mich jemand wegen der Straßenräumung verfolgt.«

Die Gespräche wandten sich anderen Themen zu, und der Abend endete mit einer Wette darüber, wie lange Liam brauchen würde, um den Baum in der Mitte des Stadtplatzes wieder in altem Glanz erstrahlen zu lassen. Obwohl Liam seine Magie einsetzte, um den Baum nach und nach zu heilen, konnte er das Wachstum nicht beschleunigen. Unnötig zu erwähnen, dass es ihm verboten war, darauf zu wetten.

Ich ließ meinen Wagen vor Donovans Elternhaus ausrollen. Ich beugte mich vor und lächelte beim Anblick der roten Haustür. Sie war ein leuchtender Farbtupfer an diesem wolkenverhangenen Winternachmittag.

Als ich aus dem Auto stieg, knirschten meine Stiefel auf dem festgetretenen Schnee in der Auffahrt, während ich sie überquerte und den freigeschaufelten Weg zur Eingangstreppe hinaufging. Wie so viele Häuser an der Küste von Maine war auch dieses Ende des 18. Jahrhunderts im Kolonialstil erbaut worden.

Es war ein Rechteck mit einer breiten, doppelflügeligen Tür in der Mitte und Fenstern, die die Tür zu beiden Seiten flankierten. Gerade als ich die Hand hob, um zu klopfen, schwang die Tür auf. Donovans Augen bekamen Fältchen an den Winkeln, als er lächelte. In meinem Bauch machte sich das übliche Kribbeln breit, Schmetterlinge flatterten los und ein wohliger Schauer jagte mir über den Rücken.

Ein ganzer Monat war vergangen, seit John in ein betreutes Wohnheim gezogen war. Meine Mutter hatte ihn regelmäßig besucht und sich vergewissert, dass es ihm gut ging. Ich war einfach nur erleichtert, dass niemand mehr wegen des Zustands der Straßen auf mich wütend war, obwohl ich doch nicht einmal seine Konkurrenz war. Wobei man fairerweise sagen muss, dass mein Vater es schon war.

»Komm nur rein«, sagte Donovan und bedeutete mir mit einer Geste, durch die Tür zu treten, während er einen Schritt zurückwich.

»Oh, wow, hier geht ja einiges voran«, kommentierte ich, während ich mich im Eingangsbereich umsah. Als ich das letzte Mal vor ein paar Wochen hier gewesen war, waren die Böden im Eingangsbereich noch zerkratzt und staubig gewesen und von den Wänden hatte sich die Tapete gelöst.

Die alten Eichenholzböden waren gründlich abgeschliffen, wenn auch noch nicht neu versiegelt worden. Der zweistöckige Eingangsbereich erstrahlte langsam wieder in seinem alten Glanz. Das Treppenhaus schmiegte sich an eine Wand und führte nach oben zu dem Flur, der das Haus in der Mitte teilte. Die wunderschöne Holztreppe und das Geländer waren bereits neu lackiert worden und glänzten selbst im gedämpften Tageslicht.

»Wir machen definitiv Fortschritte«, erwiderte Donovan und nahm meine Hand in seine.

Mit einem leichten Zug führte er mich hinter dem Treppenhaus durch einen Torbogen in den Flur im Erdgeschoss. Auf der einen Seite befanden sich ein formelles Esszimmer und ein Salon. Auf der anderen Seite waren eine riesige Küche, ein zwangloserer Essbereich, ein kleines Büro und ein Badezimmer.

Donovan führte mich herum und zeigte mir die Neuerungen. Er war über und über mit Staub bedeckt und hatte vor meiner Ankunft offensichtlich gearbeitet. Ich musterte ihn von oben bis unten.

»Du hast gar nicht erzählt, dass du selbst so viel machen würdest«, neckte ich ihn.

»Oh, glaub mir, das meiste mache nicht ich. Die Firma, die Liam empfohlen hat, leitet die ganze Sache. Ich helfe bei den einfachen Dingen aus – Rigipsplatten, Streichen und so was. Sie mussten einige strukturelle Reparaturen am Dach vornehmen. Es gab ein Leck und das Wasser ist in einige der ursprünglichen Balken gelaufen«, erklärte er.

»Gibt es schon Neuigkeiten von deinen Eltern, wann sie hierherkommen?«, fragte ich, während ich langsam zum hinteren Teil der Küche ging, um aus den Fenstern zu schauen.

»Sie hoffen, bis zum Sommer. Sie haben schon mehrere Angebote für die Obstplantage bekommen. Mein Vater hatte sich Sorgen gemacht, dass sie jahrelang darauf sitzen bleiben würden, aber ich schätze, durch den Ansturm von Leuten, die sich wieder für kleine landwirtschaftliche Betriebe interessieren, ist sie beliebt«, meinte Donovan mit einem Schmunzeln. »Ich hoffe, wir können die alten Obstgärten hier wiederbeleben.«

Ich stützte meine Hände auf die Fensterbank und blickte über die verschneite Landschaft hinter dem Haus. Donovans Großeltern hatten ihm ein schönes Stück Land hinterlassen. Es lag nur ein paar Meilen die Küste hinunter von dem Ort, wo ich aufgewachsen war. Wie mein Elternhaus lag auch seines auf einer Klippe mit Blick auf den Atlantischen Ozean. Es war etwas zurückgesetzt und von Bäumen umgeben. Im Moment waren die Nadelbäume weiß überzuckert und der Boden war mit einer dicken Schneedecke bedeckt, unter der, wie ich wusste, im Frühling eine grasbewachsene Wiese zum Vorschein kommen würde.

Die Oberfläche des Ozeans war heute unruhig und ein rauer Wind zog darüber hinweg. Ich drehte mich wieder zu Donovan um und lächelte. »Ich kann mir vorstellen, dass du mit der Obstplantage keine Probleme haben wirst. Es wird nur etwas Arbeit erfordern, diese Bäume wieder zum Tragen zu bringen. Jetzt, wo du eine Weile hier bist, bist du froh, dass du nach Charm Cove zurückgekommen bist?«

Ein Lächeln umspielte Donovans Lippen, als er einen Schritt näher kam, seine Hände zu beiden Seiten meiner Hüften auf der Fensterbank ablegte und mich so in seinen Armen einschloss. »Auf jeden Fall«, murmelte er, bevor er sich vorbeugte, um seine Lippen auf meine zu legen, was ein heißes Prickeln durch mich hindurchschickte.

———

Später an diesem Nachmittag, mit Donovans Kuss noch frisch in meinen Gedanken, überquerte ich schräg den Stadtpark, mit dem Plan, bei Opal in ›Beauty Bewitched‹ vorbeizuschauen, um ein paar buchhalterische Fragen zu klären. Die Sonne versuchte, durch die Wolken zu brechen, hatte aber sichtlich Mühe. Die Luft roch nach Schnee, obwohl ich auch schon den nahenden Frühling spüren konnte. Immer wenn der März kam, lag eine Art Beschleunigung in der Luft.

Aus einer Laune heraus hielt ich am Brunnen an und zog meine Handschuhe aus, um einen Penny aus meiner Tasche zu fischen. Ich rieb ihn zwischen meinen Fingern, schloss die Augen und wünschte mir etwas. Ich öffnete meine Augen genau in dem Moment, als der Penny mit einem leisen Platschen auf die Wasseroberfläche traf. Ein Wasserspritzer stieg in der kühlen Luft auf. Mein Blick folgte dem Penny, als er auf den Grund des Brunnens sank. Und wieder blitzte ein kleines Licht auf – wie ein Sonnenstrahl im Wasser, nur dass es keine Sonne gab –, das sich auflöste, als es die Oberfläche erreichte.

Mit ein wenig Hilfe meiner Mutter hatten wir herausgefunden, dass Johns gleichzeitiger Zauber, als ich mir in jener Nacht etwas gewünscht hatte, dem Brunnen einen zusätzlichen Kick verliehen hatte. Das war inzwischen verblasst und die lustigen Wünsche von niemand anderem wurden mehr wahr.

Insgeheim hoffte ich, dass mein Wunsch in Erfüllung gehen würde, denn ich dachte mir, da ich ja eine gute Hexe war, wäre vielleicht ein bisschen zusätzliche Magie übrig.

———

Vielen Dank, dass du ›Wish Upon A Witch‹ gelesen hast!

Wenn du Updates zu meinen neuen Veröffentlichungen und anderen Neuigkeiten erhalten möchtest, melde dich für meinen Newsletter an: subscribepage.io/sTrNBG

JULIETTE GOOD

»Autsch!«, rief ich aus und schüttelte schnell meine Hand, um das brennende Gefühl in meinen Fingern zu vertreiben.

Es war schon Jahre her, seit meiner Teenagerzeit, um genau zu sein, dass ich Probleme damit hatte, einen elektrischen Zauber zu kontrollieren. Als ich auf meine Hand hinuntersah, bemerkte ich, dass meine Fingerspitzen knallrot waren. Mein Blick wanderte die Kiesauffahrt entlang zu der Stelle, an der ich den Zauber gewirkt hatte, und blieb an einem verkohlten Fleck auf dem Boden hängen.

»Was ist passiert?«, fragten Celia und Delia wie aus einem Munde, als sie von der Veranda des Hauses meiner Eltern, wo sie gesessen hatten, herübergeflitzt kamen.

Meine Zwillingscousinen blieben vor dem geschwärzten Fleck auf dem Boden stehen, ihre beiden dunklen Köpfe zusammengesteckt, während sie nach unten sahen. Als ich von der freistehenden Garage, wo ich gestanden hatte, zu ihnen hinüberging, blickten zwei Paar runde blaue Augen zu mir auf.

»Geht es dir gut?«, fragte Delia und griff nach meiner Hand.

»Ich schätze schon. Aber meine Finger sind heiß. Ich weiß nicht, was gerade passiert ist. Ich habe ganz sicher nicht versucht, den Boden zu verzaubern«, erklärte ich.

Celia blickte an mir vorbei zu der Lampe, die auf einem Granitsockel am Ende der runden Auffahrt meiner Eltern montiert war. Sie diente rein dekorativen Zwecken. Zu beiden Seiten der Auffahrt standen zwei quadratische Granitsäulen mit Leuchten darauf. Wenige Augenblicke zuvor hatte meine Mutter bemerkt, dass eine der Glühbirnen durchgebrannt war, und mich gebeten, sie zu reparieren.

Das war einfach genug. Mit meinen Kräften war es für mich ein Leichtes, alles Elektrische zu reparieren. Ich folgte Celias Blick und sah, dass das Licht wieder funktionierte. Allerdings leuchtete es so hell, dass ich selbst bei Tageslicht meine Augen abschirmen musste.

Celia wandte sich wieder mir zu, ihr Gesichtsausdruck war verdutzt. »Ähm, Juliette, ich glaube, da ist etwas schiefgelaufen.«

»Ach was?«, murmelte ich und schritt auf die Leuchte zu, um sie zu inspizieren. Als ich näher kam, konnte ich überall Funken flackern sehen.

Meine Hand war immer noch heiß, fast schon glühend. Ich sah zu den Zwillingen und fragte: »Kann eine von euch reinlaufen und meinen Vater holen?«

Ich würde diese Kraft nicht bändigen können, aber mein Vater schon.

Celia eilte davon, ihr Pferdeschwanz schwang hin und her, als sie auf die Veranda und durch die Haustür joggte. Sekunden später kam mein Vater hinter ihr herausgeschritten.

Wie immer wirkte er vollkommen ruhig. Groß und stattlich schaffte es mein Vater irgendwie, unabhängig von der Situation auszusehen, als wäre er den Seiten eines Geschichtsbuches entsprungen. Sein silbernes Haar schimmerte im Sonnenlicht, als er neben mir stehen blieb und seine Brille auf der Nase zurechtrückte.

Sein durchdringender blauer Blick wanderte von mir zu dem verkohlten Fleck auf dem Boden. Ohne ein Wort schritt er auf die Leuchte an der Säule am Ende der Auffahrt zu. Er hob eine Hand und hielt sie ruhig neben die Leuchte. Nach einem Moment verschwanden die Funken und das Licht leuchtete wieder normal, fast so, als hätte er einen Dimmer benutzt, um die Helligkeit zu regulieren.

Er ließ seine Hand sinken und kam wieder zu mir. »Wie fühlst du dich?«, fragte er.

»Nun, gut. Glaube ich? Meine Finger kribbeln ein wenig«, sagte ich, hob meine Hände und rieb sie aneinander. Das brennende Gefühl hatte endlich angefangen nachzulassen.

Die Augen meines Vaters verengten sich, als er wieder auf die geschwärzte Stelle auf dem Boden blickte.

»Ist irgendetwas Ungewöhnliches passiert, als du den Zauber gewirkt hast, um die Leuchte zu reparieren?«

»Nein, nicht als ich ihn gewirkt habe. Aber dann fühlten sich meine Finger an, als stünden sie in Flammen, und er schoss im Zickzack davon. Selbst früher, als ich noch mehr Schwierigkeiten hatte, diese Kraft zu kontrollieren, ist das nie passiert.«

Obwohl mein Vater äußerlich ruhig blieb, spürte ich seine Besorgnis. Als mächtiger Hexenmeister hatte mein Vater im Reich der Magie schon viele Dinge gesehen und getan. Ich hatte das Gefühl, dass er so etwas vielleicht schon einmal gesehen hatte, aber er schien ganz sicher nicht geneigt zu sein, es mit uns zu teilen.

»Was glaubst du, ist passiert?«, zwitscherte Delia.

Mein Vater, Liam Good Sr., sah zu den Zwillingen, wobei ein kaum wahrnehmbares Grinsen seine Mundwinkel umspielte. »Ich weiß es nicht genau. Elektrische Energie ist schwer zu kontrollieren. Jetzt ist alles in Ordnung, also hoffen wir mal, dass es nur ein einmaliger Ausrutscher war.«

Ich hörte die Stimme meiner Mutter und blickte über meine Schulter, um sie herankommen zu sehen. »Ist alles in Ordnung bei dir, meine Liebe?«, rief sie.

»Mir geht es gut«, antwortete ich, als sie mich erreicht hatte.

Ich sah, wie mein Vater und sie einen vielsagenden *Blick* wechselten, und wünschte, sie wären nicht immer so verschwiegen. Was auch immer passiert war, ich hoffte sehr, dass es nicht mehr als ein Ausrutscher war. Magie konnte unberechenbar sein.

———

Stunden später blickte ich über den Tisch zu meiner Schwägerin Moira und schüttelte den Kopf. »Nein, seitdem ist nichts weiter passiert. Andererseits habe ich auch nicht versucht, irgendwelche Zauber zu wirken.«

Moira rümpfte die Nase, als sie mich über den Tisch im Enchanted Spirits ansah. Wir trafen uns hier zu einem späten Abendessen und ein paar Drinks.

Genau in diesem Moment ertönte ein lautes Krachen von hinten. Wir drehten uns wie auf Kommando um. Als wir aufblickten, sahen wir, dass zwei der Lampen über der Bar explodiert waren. Glassplitter regneten auf die Theke, und die beiden nackten Glühbirnen schlugen wie wild Funken.

»Oh-oh. Das ist nicht gut«, murmelte Moira.

»Sollen wir ...« Noch bevor ich meine Frage zu Ende stellen konnte, beantwortete ich sie selbst. »Es hat keinen Sinn, hinzugehen. Sieht so aus, als hätten sie genug Hilfe.« Der Barkeeper und ein paar andere waren bereits dabei, aufzuräumen und die Glühbirnen auszuwechseln. Ich sah ein paar besorgte Blicke, aber der Betrieb ging weiter.

»Da ich genau hier sitze und dich ansehe, weiß ich, dass du keine Zauber gewirkt hast. Ich habe gefragt, weil ich heute Nachmittag von Zoes Mutter gehört habe, als ich vorbeischaute, um Zoe und das Baby zu besuchen. Sie sagte, bei ihr sei heute Nachmittag auch ein Zauber schiefgegangen. Dabei wollte sie nur ihren Blumen etwas Kraft geben«, sagte Moira.

»Glaubt sie, es war nur Zufall?«

Moira zuckte mit den Schultern. »In dem Moment schon, ja. Aber Pflanzenmagie ist weitaus leichter zu beherrschen als elektrische Magie.«

Ich verkniff mir eine Antwort darauf. Manchmal hatte ich die Kommentare einfach satt, wie schwierig es sei, elektrische Magie zu beherrschen. Niemand brauchte mir das zu sagen. Ich war diejenige mit dieser Gabe. Außerdem hatte ich mir in der Highschool einen gewissen Ruf erarbeitet, weil ich ein paar Zauber vermasselt hatte, als meine Kräfte erwachten. Ich hatte gelernt, sie zu kontrollieren, aber es war eine Herausforderung und erforderte Geschick. Manchmal fühlte es sich an, als würde man Feuer in den Händen halten.

Moira fuhr fort, ohne meine Gedankengänge zu bemerken. »Sie war schockiert, weil sie seit Jahrzehnten keinerlei Probleme mit Zaubern gehabt hatte. Wann genau ist das heute Nachmittag passiert?«

»Oh, es war nach der Schule, denn die Zwillinge waren schon zu Hause. Ich habe nicht auf die Uhr geschaut, aber ich würde sagen, es war so gegen halb vier oder vier.«

Moira holte ihr Handy aus ihrer Handtasche und entsperrte mit einem Tippen den Bildschirm. »Ich schreibe Bets sofort eine Nachricht.«

Während sie tippte, drehte ich mich um, um zu sehen, was mit den Lichtern los war. Der Barkeeper hatte bereits die Scherben von der Theke geräumt und die Gäste waren zurückgetreten, wobei einige von ihnen halfen, die Scherben vom Boden zu fegen. Obwohl sie die Glühbirnen ausgetauscht hatten, schlugen die Lichter wieder Funken.

Gerade als ich mich fragte, wen wir rufen könnten, um was auch immer da vor sich ging zu dämpfen, kam Moiras Ehemann Liam, der zufällig auch mein Bruder ist, zur Vordertür herein. Mit einem schnellen Blick durch den Raum ging er sofort zur Theke und sagte etwas zum Barkeeper.

Einen Augenblick später kletterte er auf einen Hocker, den der Barkeeper ihm besorgt hatte. Obwohl es so aussah, als würde er die Glühbirnen lockern, wusste ich, dass er die elektrischen Störungen dämpfte.

Moira hatte Liams Ankunft nicht einmal bemerkt und schaute auf. »Bets sagte, das war ungefähr zur gleichen Zeit, als ihr Zauber seltsam wurde. Ich weiß nicht, was los ist, aber mein Bauchgefühl sagt mir, dass da etwas im Busch ist.«

In den nächsten vierundzwanzig Stunden tauchten in Charm Cove überall Berichte über außer Kontrolle geratene Zauber in der Gemeinschaft der Hexen und Hexenmeister auf. Selbst bei kleinen, wie dem Öffnen eines Schlosses.

Das extravaganteste Beispiel stammte von einem Liebestrank, der bei Persnickety Potions & Gifts verkauft wurde. Anscheinend war ein Mann auf dem Bürgersteig direkt vor dem Laden auf die Knie gefallen und hatte wild seine Liebe beteuert. Kleines Problem: Er gestand seine Liebe einer Krähe, die auf einem Straßenschild saß.

Wir hatten ein Problem. Ein magisches Problem.

———

Copyright © 2025 Lucy May; Alle Rechte vorbehalten.

1-Klick : A Stormy Spell

Wenn du auf dem Laufenden bleiben möchtest, wann ich neue Bücher veröffentliche und andere Neuigkeiten habe, melde dich für meinen Newsletter an: subscribepage.io/sTrNBG

MEINE BÜCHER

Vielen Dank, dass du Wish Upon A Witch gelesen hast! Ich hoffe, die Magie hat dir gefallen. Falls ja, gibt es hier ein paar Möglichkeiten, wie du anderen Lesern helfen kannst, meine Bücher zu finden.

1) Schreibe eine Rezension!

2) Melde dich für meinen Newsletter an, damit du Informationen zu Neuerscheinungen erhältst: subscribepage.io/sTrNBG

3) Like meine Facebook-Seite unter https://www.facebook.com/lucy mayauthor/

———

This Good Witch Mystery Reihe

Wish Upon A Witch

A Stormy Spell

A Stitch of Magic

Bee Charmed

Wicked Good Mystery Reihe

Destiny's A Witch

Hex Me Not
Spells & Silver Bells
The Great Maple Caper
Oopsy Daisy
Siren Song Gone Wrong
Pumpkin Patch Murder

Lemon Tea Cozy Mysteries
Witch You Wouldn't Believe
A Spell to Tell
Witch is When it Gets Crazy

Lucy May liebt Kaffee, Hunde, Kochen und Schreiben. Sie ist eine Südstaatlerin, die es nach Maine verschlagen hat. Sie hat die vier Jahreszeiten lieben gelernt, sehnt sich aber immer noch nach den verschlafenen Sommern des Südens. Sie spielt gern mit dem Gedanken, in einem früheren Leben eine Hexe gewesen zu sein, und glaubt immer noch an Magie. Ihre Zeit vertreibt sie sich damit, alberne, bissige und sexy paranormale Geschichten zu spinnen.